記憶の残像

中村　優実子
NAKAMURA Yumiko

文芸社

はじめに

本書は、日本経済の高度成長とともに育ち、長じて国と地方で公務員として過ごしてきた或る凡人の記録である。記録を残すことを目的とした自分史及びエッセイであり、私が大阪文学学校に入学する二〇一六年前後からコツコツ書き溜めた文章に加筆・修正を加え、構成し直してまとめた。すべての事象を網羅できたわけではなく、また不十分な事柄もあると思うが、自分が実際に見聞したことを元に、どうしても書き遺しておきたいことを優先した。必要に応じて、巻末等に引用文献を記した。

既に鬼籍に入った人も含め、これまでお世話になった全ての人に深謝する。

本書をお読みくださった方が、私の生きた時代に興味を持ってくだされば幸甚である。

中村　優実子

二〇二一年三月吉日

目次

第一章　軌跡

私は一九五九年三月三日生まれで、戦後日本の経済の高度成長とともに育った。日本の経済の高度成長は、後世にはおそらく日本の奇跡として語り伝えられるであろう事象である。経済は右上がりで、住む家は引っ越す度に広くなり、前途は希望に満ちて洋々としていた。だが、大学を卒業して東京で就職するために家を出る一九八二年の春まで、私は親のすねかじりをしていたせいか、生きている実感が全くなかった。

親の家を出て自立してから、私は薬学系の公務員として五つの職場で仕事をした。この間、結婚をし、二人の息子を授かり、両親を送り、転職を余儀なくされ、紆余曲折の末、二〇一九年三月末で定年退職を迎えた。還暦を過ぎた今、凄惨な場面に出くわしたことも生きるか死ぬかの過酷な経験をしたこともない私には、自分が生きている実感は未だにあまりない。

第一節　音楽との出会い

(一) 音楽事始め

私は物心ついた時には兵庫県西宮市に住んでいた。一九六〇年代初頭に住んでいたのは、阪神国道の近くの木造の小さなアパートだった。アパートの二階の1DKから一階の2DKに引っ越したのは三歳の時だった。その頃から私の記憶は始まっている。当時は、阪神国道(国道2号線)に路面電車が走っていた。

両親はともに大学を出ていたが、家は決して裕福ではなかった。家の中には、お雛様の代わりに、黒くて小さな足踏みオルガンがあった。また、童謡のソノシートが何枚もあり、家の中で童謡の歌声が流れていたのを覚えている。

私が人間の言葉を話したのは二歳半の時だった。今ならば、話し始めるのが遅すぎるとして「×」がつく。だが、それまでに私は家で童謡を歌っていたらしく、母は「歌を歌っているから、この子は馬鹿じゃない」と思っていたそうである。当時はおおらかな時代であった。

ところが、二歳五か月の時に妹が生まれ、一時的に母方の伯母宅に預けられると、途端に童謡を歌わなくなったそうである。

一九六三年、私が四歳になった時、西宮市内で、阪神国道の近くから門戸厄神の近くへ引っ越した。六軒続きの木造の長屋のような社宅である。３ＤＫの家に内風呂がついていた。当時は、電話は各家庭にあった訳ではなく、六軒のうちの一軒にだけあった。家に電話がないので、電話のある家に「呼び出し」で電話連絡を受けることが普通であった。

私が四歳になると、両親は私に音楽を習わせることを思いついた。二歳にして音痴ではなく童謡を歌っていたから「この子は音楽の才能がある」と勝手に思い込んだのか、或いは単に「教育パパ・教育ママ」だったからかはわからない。両親には音楽の素養がなかったから、裕福でないのになぜ私に音楽を習わせようと思ったのか、今となってはわからない。

最初は、バイオリンの先生の所に連れて行かれた。練習室の手前が待合室になっていた。生徒さんはそこで、前の生徒さんのレッスンが終わるまで待つのである。待合室には絨毯が敷かれ、その上でシャムネコが「にゃあ」と鳴いていた。私の前の生徒さんは、ドボルザークの「ユモレスク」を弾いていた。ところが、いざ自分の番になると、私は「嫌だ」と言ったらしい。

次に、ピアノの先生の所に連れて行かれた。その先生は、幼稚園が終わった後、幼稚園の教室を借りて生徒さんにピアノを教えていた。自分の番になって、私は「習う」と言ったらしい。それが、私がピアノを習い始めた最初であった。一九六四年二月、五歳になる直前のことだった。

この年には、東京オリンピックがあった。一ドル三六〇円の時代、日本が戦後ようやく自信を取り戻し始めた頃である。エチオピア帝国のアベベがマラソンで優勝し、体操でベラ・チャスラフスカが金メダルをとった。東海道新幹線が開通し、私は幼稚園で「新幹線の歌」を歌わされた（メロディーも歌詞も全く思い出せないのだが）。幼稚園児だった私にも、トンカン、トンカン、と道路や鉄道、橋等インフラを造る槌音を感じさせるような、活気のある時代だった。

家にあった黒い小さな足踏みオルガンは、やがて電子オルガンに買い換えられた。電子オルガンと言っても、いわゆるエレクトーンではない。ただのオルガンである。私は、その電子オルガンで、先ずはバイエルからピアノの練習を始めた。

戦前にピアノを習っていた女性は「お嬢様」である。ところが、経済の高度成長が始まった一九六〇年代はいわゆる中産階級が増え始めた時代で、一部の地域の家庭では、子供にピアノを習わせるのが流行っていた。私が当時住んでいた西宮でも例外ではなかった。

バイエルの赤本、黄本を終えると、チェルニーを習い始める。そのうちハノンやブルグミュラーを併用する。その頃になると、飽きてピアノをやめてしまう子供が少なくなかった。

なぜか私は飽きることなく、ピアノを続けていた。オルガンでは鍵盤が足りなくなり、父は月賦でピアノを買うことにした。大阪市内の心斎橋にあった三木楽器で、ヤマハのピアノを買うことになった。家にピアノが届いたのは一九六六年、つまり小学二年生の時だった。

私は、明治時代に設立された甲東小学校に通っていた。甲東とは「甲山《かぶとやま》の東」という意味である。当時の甲山は一部に樹木が生えているだけのトロイデ型をした禿山《はげ》で、東側から見るとまるで甲のように見えた。

小学校の敷地には、二階建ての木造校舎が二棟と、鉄筋コンクリート造りの校舎が二棟建っていた。一年生と二年生と四年生は木造校舎で学ぶことになっていた。理科室が二つあり、教育熱心な親が多いのか、中学受験をする子が多く、伊丹市あたりから越境してくる子もいた。私の家の近所の長屋のようなアパートの住人の中にも数人、中学受験をして私立中学校に通っている上級生の男子がいた。また、小学校にはピアノを習っている子は少なからずいて、エレクトーンを習っている子もいた。

当時の自宅は神戸女学院に近いところにあり、北側の小高い丘にある上ヶ原には関西学院大学があった。上ヶ原では、馬に乗った大学生と出会うこともあった。岡田山にキャンパスのある神戸女学院には音楽学部があり、日曜日になると毎週のように学生さんが発声練習をしているのが聞こえた。

最初にピアノを習ったT先生は、岡田山に住んでいた。お弟子さんの多い先生だった。私は小学二年生の時、チェルニー百番練習曲を終えてようやくチェルニー三十番練習曲を弾くようになり、初めて発表会に出場することになった。いただいた課題曲は、ヘンデルの「ファンタジア」と中田喜直の「エチュードアレグロ」だった。私には難しく、なかなか弾けなかった。

当時、母は仁川学院（カトリック系の私立校）で中学・高校の数学の時間講師をしていた。母のつてで、音楽に詳しいシスターのレッスンを受けることになった。シスターは、私がピアノを弾くのを見て「指が寝ている。基礎からやり直して、きちんとした手の形でピアノを弾かないと上達しない」と母に言った。そのシスターの紹介で、神戸女学院大学のピアノ科を卒業したS先生を紹介していただいた。宝塚ホテルの大ホールで開催された発表会が終わった後、私は先生を替えてバイエル終了直後に戻り、指の形というピアノの基礎から練習し直すことになった。

S先生のお家は、甲子園口にあった。阪急今津線の門戸厄神駅から一駅乗り、当時路面電車以外の鉄道では珍しかったダイヤモンドクロス（平面交差）の西宮北口駅で電車を降り、阪急バスに乗って甲子園口バス停で降り、しばらく歩いた所にあるS先生のお家でピアノのレッスンを受けた。当時のバスはボンネット型で、必ず車掌さんが乗っていた。

小学三年生になると、三学年下の妹と二人で、電車とバスを乗り継いでS先生のお家に週一回のレッスンを受けた。S先生のお家の西隣は旅館で、夏の甲子園が始まると、出場校の生徒さんがいっぱい泊まっていた。レッスンの帰りには、バス停の近くの甲子園口の大型店舗で、おやつを買って妹と食べた。西宮北口駅の近くには市場があり、その中の小鳥屋さんで小鳥を見るのがささやかな楽しみだった。西宮北口行きのバスに乗ったつもりが伊丹行きのバスに乗ってしまい、同乗していた親切な男性に西宮北口まで送り届けていただいたこともあった。

小学四年生になって、私はやっと二年前と同様にチェルニー三十番練習曲の練習を始めることになった。私が習い始めたのと同じ時期にピアノを習い始めてずっと続けていた同級生たちは、はるか先に進んでもっと難しい曲を練習していた。そういう人たちのうちの何人かは音大に進学し、現在は結婚して自宅でピアノを教えている人もいる、と聞く。

私が小学四年生になったのは一九六八年である。この年は「明治百年」であるとともに、日本で初めて心臓の生体移植が行われた年であった。「明治百年」の年に、有名な俳人である中村草田男が「降る雪や　明治は遠くなりにけり」と詠んだ。当時は、「明治生まれの老人は威厳があり、大正生まれの老人は頼りない。そして、昭和生まれの老人は文句ばかり言う」と言われていた。当時は昭和生まれの人たちは老人ではなかったが、半世紀近く経った今、昭和生まれの老人の中には、他の世代に比べるとクレーマーが多いように思う。

一九六八年八月、当時のソ連の軍隊がチェコスロバキアに侵入するチェコ事件が起こった。

プラハの春を支持していた体操選手のベラ・チャスラフスカはその年のメキシコオリンピックで表彰台に立ったが、その表彰台でソ連の選手であるナタリア・クチンスカヤの方を厳しい表情で見つめていた。テレビでは、チャスラフスカがクチンスカヤをものすごい目で睨みつけたようにも見えた。父がこの時、「プラハの春」のことを教えてくれた。幼かった妹は、近所の友達と「チャスラフスカ・クチンスカヤごっこ」をしていた。

当時の西宮北口駅の近くに、西宮球場があった。阪急ブレーブズが優勝すると、夏休みの夜の一日が一般に開放され、イベントが開催された。甲にしきたち宝塚のスターたちが特設ステージで歌や踊りを披露し、指揮者の朝比奈隆がタクトを振ってムソルグスキーの交響詩「はげ山の一夜」を演奏しているのを聴きに行ったことがある。

また、阪急沿線の宝塚には宝塚ファミリーランドがあり、阪神沿線の甲子園には甲子園球場と阪神パークがあった。阪神パークには競泳用の五十メートルプールと、「素人は使用禁止」の三メートル、五メートル、十メートルの本格的な飛び込み台があった。競泳用のプールは深いところでは水深が一・八メートルあったので、中学生未満は遊泳禁止だった。ところが、第二次性徴が出始めた私は身体が大きい方だったので、その競泳用のプールで父に水泳を習い、立ち泳ぎと横泳ぎをマスターした。

小学五年生の夏、阪神パークのプールで一家揃って泳いだ後に寄った甲子園球場で、後年まで名勝負と語られることになった、三沢高校と松山商業の決勝戦での十八回コールドゲームの死闘を見ることになった。父は阪神ファンだったが、野球に興味のなかった私には走者が出てもアウトになる試合は異様に思えた。松山出身の両親は松山商業を応援していた。当時三沢高校で黙々と一人でボールを投げていた太田投手は、後にプロ野球の選手になるが、その選手生命は短かった。

私が小学六年生になったのは一九七〇年である。千里で万国博覧会が開催された年である。当時印象的だった森永エールチョコレートのコマーシャルに象徴されるように、経済の高度成長が爛熟期を迎えていた。日本で初めて阪急電鉄に自動改札が導入された年でもある。半年間開催された万博が終了すると、パビリオン類はほぼ全て撤去され、太陽の塔と日本庭園とエキスポランドが残った。

小学六年生の夏、私は西宮市から交野《かたの》市に引っ越しすることになった。夏休み、小学六年生限定で、小学校の校庭でキャンプがあった。キャンプファイヤーの時、級友が自分の分の花火を私に渡してくれた。親切で優しい人たちだった。

一九九五年一月七日午前五時四十六分に発生した阪神淡路大震災で、当時私の住んでいた町は壊れた。私が西宮市から離れて半世紀以上経った今、町の様子はずいぶん変わったが、私の脳裏には当時の町の様子が焼き付いている。西宮市は、私にとってかけがえのない故郷である。

（二）転校

交野は歴史の非常に古い町である。太平記にも交野の名前が出てくる、と父が言っていた。一九七〇年当時、交野は「北河内郡交野町」であった。北河内地区で唯一市になっていなかった。しかし翌年、人口の急増で人口が三万人超であったにもかかわらず（当時は人口五万人で市制に移行するのが標準だった）市制に移行した。

父がローンを借りて家を買ったので、私たち一家は、四軒続きの４ＤＫのテラスハウスに住むことになった。結果的には、私は親元にいた時、引っ越すたびに大きな家に移り住むことになった。私が育ったのはそんな時代だった。

転校先の小学校は、交野町で三番目の新設校であった。六年生は三クラスしかなかったが、各クラスに数人の転入生がいて、わざわざ校長先生が転校生を集めて面談してくださった。小学校の校長先生は、背は低いががっしりした体格で、髪の毛はまるでインスタントラーメンのように波打っていた。校長先生は、戦時中は中国で中隊長をしていた、と自らおっしゃった。私は、この校長先生はもしかすると、前川康男の『ヤン』に出てくる中隊長その人ではないか、と、何の根拠もなく思った。

その小学校には通知表もプールもなかった。母子家庭の児童も少なくなかった。担任の先生はベテランの男性だったが、時々クラスの男の子をぶん殴っていた。同じ公立小学校なのに、こうも違うのか。私にとっては、非常に大きなカルチャーショックだった。

私と妹はS先生の紹介で、同じく神戸女学院大学のピアノ科を卒業した新婚の若い先生を紹介していただいて、半年ほど枚方《ひらかた》市内の先生のお宅に通った。西宮市内の小学校では私よりピアノの上手な人は何人もいたのに、転校先の小学校では、私が最もピアノが上手なことになっていた。音楽の時間、時々学校のピアノで伴奏をさせられた。


一九七一年、私は交野町で唯一の中学校に進学した。当時の中学校は田んぼの中にあり、近くの田んぼで黒い牛が鋤を引いて農作業をしていた。十クラスある中で、私は最も柄が悪いと言われていたクラスに在籍した。あっという間に、私は河内弁をマスターしてしまった。このクラスでは、大半の人の英語のイントネーションが河内弁そのものだった。

人口の急増とともに、小学校だけでなく中学校でもいろいろな場所からの転校生が多かった。中学校指定の制服は「ださい制服」だと思ったが、全部揃えるとそれなりにお金がかかる。従って、学校側の配慮で、中学二年生以降に転入してきた生徒は転校前の中学校の制服を着ていた。だから、私は中学校でいろいろな制服を目撃した。また、同級生には九州にある炭鉱の閉鎖に伴って大阪に出て新しい仕事に就いた人たちの子弟が何人か通っていた。

翌一九七二年、人口の急増に伴い市制に移行した交野市で、二つ目の中学校が誕生することになった。春休み、クラスの女子の殆ど全員が参加して、奈良市内のあやめ池遊園地でお別れ遠足をした。何人かで待ち合わせて、一日に数本しか通らないバスで往復したのだが、楽しい思い出となった。

一九七二年春、中学二年生になったばかりの私は、一部の同級生とともに二番目の中学校（二中）の一期生となった。同級生に、小学三年生の時に炭鉱の落盤事故でお父さんを亡くした女の子が一人いた。新校舎が完成したのは九月で、それまで一年生とともに池のほとりに建てられたプレハブ校舎で授業を受けた。新しい制服が定められていなかったので、二年生の私たちは元の中学校の制服を着て青いリボンを結び、下級生は小学校と同様私服だった。

九月になり、私たちは完成したばかりの新校舎に移った。下級生に制服が定められ、最上級生だった私たちと異なり、下級生の女子は青い二本線と青いネクタイのセーラー服だった。プールが完成したのは翌一九七三年の八月末だった。

私が中学生だった一九七一年から一九七三年にかけては、経済の高度成長とともに環境破壊や公害が大きな社会問題となっていた。四大公害裁判（イタイイタイ病、新潟水俣病、四日市喘息、水俣病）で原告勝訴の判決が出された。このことが、私にとって将来の職業を決める大きなきっかけとなった。私は、裁判官になって行政裁判を担当したいと考えた。

中学生の間、私は水泳部やテニス部に所属していた。ダントツに下手だったが、当時は弱小のクラブで、運動音痴の私にも居場所があった。私は家では、近所に住んでいる同級生のFさんのお母さんの紹介で、相愛女子大学（現・相愛大学）音楽部ピアノ科の学生さんだったC先生にピアノを習った。C先生はFさんのお母さんの友人の娘さんで、堺市内に住んでいた。C先生は眼鏡をかけたまじめな人で、いつもスーツを着て、片道二時間かけてFさん宅と同様私の家に来てくださった。私と妹は、自宅でC先生のレッスンを受けたのである。

ピアノに関しては、小学二年生の時に基礎からやり直した私は既に小学校の同級生に致命的な差をつけられていた。裁判官になりたいと思っていた私は、音楽の道に進もうとは思っていなかった。C先生はよくできた人で、私に「あんたの実力では音大は無理」とは言わず、「音大に進もうと思ったら非常に努力しなければいけない」とおっしゃった。私はC先生の下で、チェルニー四十番練習曲やバッハインベンションの二声・三声を二通り練習した。一回目は全ての曲をきっちり、二回目は全ての曲をやや軽めに練習することになった。おかげでピアノの基礎は身に付いたが、バッハは嫌いになった。

中学三年生の途中で、チェルニー五十番練習曲に入った。いよいよ上級編に差し掛かったのである。私はそれまでピアノ学習の常道に従い、ソナチネ、メンデルスゾーンの無言歌集、ソナタ、モーツァルトのソナタ、ショパンのワルツやマズルカ、シューベルトの即興曲等の中から、一部の曲を習ってきていた。

C先生の下では、自ら希望して、ベートーヴェンのピアノソナタの第八番「悲愴」、第十四番「月光」、第十五番「田園」を習った。しかし、「月光」の第三楽章は当時の私には難しすぎて、マスターすることができなかった。

中学三年生の秋、C先生はドイツに留学することになった。私は高校受験のため、半年間ピアノをお休みすることにした。


一九七四年の春、私は義務教育を終えて高校に進学した。中学校を卒業して就職した人が何人かいた。二中の百六十余名の同級生の約四分の一が交野市内の新設高校に進学した。二中から二名の先生が新設高校に移った。新設高校を卒業した同級生は、中学二年生の時から上級生がいない学校に五年間在籍したことになる。やろうと思えば「お山の大将」を五年間できたわけで、その人たちのパーソナリティー形成に何らかの影響があったのではないか、と私は考えている。

高校に入学してから、私と妹は、今度は枚方市内に住んでおられるK先生に自宅まで来ていただいてピアノのレッスンを受けた。K先生は神戸女学院音楽学部の作曲科を卒業された若い女性であった。大学受験でベートーヴェンのピアノソナタ第二十三番「熱情」の第一楽章をいやというほど練習させられたのがトラウマになっていたのか、「ピアノは好きでない」と明言された。要するに、やる気のない先生とやる気のない生徒の組み合わせである。高校一年生の時に、私はピアノをやめてしまった。

K先生の指導の下、私が最後に弾いた曲は、ラフマニノフの前奏曲作品三の二「鐘」である。ラフマニノフはロシアの貴族階級の出身で、ロシア革命の後亡命して最後には米国で亡くなった作曲家・ピアニストであり、身体も手も大きな人であった。K先生は、私がピアノをやめる時、「基礎がしっかりできているから、難しい曲は無理でも、将来趣味としてピアノを続けることができる」と、はなむけの言葉をかけてくださった。

（三）趣味としてのピアノ

私が中学から高校に在学していた時代、日本経済の行方が不透明になった。一九七三年に石油ショックがあり、世の中でトイレットペーパーを買い占めする現象が流行った。社会不安を反映したためか、オカルトも流行っていた。口裂け女が流行るのはもう少し先である。

世界情勢でも大きな変化が起ころうとしていた。一九七五年にサイゴン陥落によりベトナム戦争が終了した。一九七六年には、中国革命を推し進めて中華人民共和国を成立させた功労者の周恩来首相と毛沢東主席が、相次いで亡くなった。毛沢東主席が亡くなったのは九月九日、重陽の日である。そのニュースの背後に「毛沢東賛歌」と言われていた「東方紅」の合唱が流れていた。

紆余曲折があり、一浪の後薬学部の大学生になった私は、ピアノを再開しようと思った。三年間全くピアノを弾いていなかったため、特に左手が思うように動かなかった。ハノンとチェルニー四十番練習曲をそれぞれ一通り、一か月間猛練習して、ピアノをやめた時のレベルに復帰することができた。

それ以降、私は細々と独学でピアノを続けていたが、子供の手が離れた五十代半ばで、ふとしたことからベートーヴェンの後期ピアノソナタ第三十一番を晩年のルドルフ＝ゼルキンの演奏で聴き、どうしてもこの曲を弾きたいと思った。それからチェルニー五十番練習曲・六十番練習曲、バッハの平均律、ブラームスの五十一の練習曲を独学で練習し始めた。そして、とうとう五十八歳になって、東京芸術大学音楽学部でピアノを専攻した、自分の息子より若い先生にピアノを再び習い始め、現在に至る。現在の先生は西宮市内の高校の音楽科で学ばれていたことに、私は勝手に何かの縁を感じた次第である。老化に抗ってどこまで上達できるかが、今の私の課題である。

第二節　進路の選択

（一）四大公害裁判と食品汚染物

私が将来の職業を意識し始めたのは一九七二年、中学二年生の時だった。当時は四大公害裁判（水俣病、新潟水俣病、四日市喘息、イタイイタイ病の四つの公害病に関する損害賠償裁判）について、次々と原告勝訴の判決が出されていた。

公害の原点は明治時代の渡良瀬川流域で発生した足尾鉱毒事件である。患者が多く発生した地元の名士である田中正蔵が、明治天皇に直訴という当時では許されなかった手段にまで出て、患者救済のために生涯をささげた。

現代の公害の原点は水俣病とされている。「猫踊り病」から水俣病が発覚した。大企業であるチッソの工場から有明海に排出される廃液に不純物として混ざっていたメチル水銀がまず魚の体内に吸収・蓄積され、その水銀に汚染された魚を食べた猫や人が発症する。無機水銀は体内に吸収されても早期に尿中に排泄されるとされている。だが、有機水銀（メチル水銀）は体内に吸収されて脳血液関門を通過し、神経組織を侵し、初めは原因がわからなかった不治の病である水俣病を発症させるのである。有機水銀は胎盤を通じて胎児に移行し、胎児性水俣病の子供が生まれた。当時家にあった白黒テレビには、患者やその家族が「怨」という字を大きく書いた白い衣服を身に着け、チッソの前に座り込む映像が連日のように映し出されていた。

当時東京大学工学部の助手だった宇井純氏が、一般市民に公開で公害の講義を行っていた（公開自主講座「公害原論」）。宇井氏は自らの信念を持って、自分自身の専門知識を公害病に苦しむ患者さんたちのために捧げたのである。当然、上からはにらまれ、東京大学で出世することはなかった。宇井氏の講義は『公害原論』にまとめられ、出版された。私は梅田の紀伊国屋書店に『公害原論』の本を買いに行った。ところが、本を手にしてページをめくってみると、その内容は田舎の一中学生には難しすぎ、私はその本を買うのを諦めた。一九八六年に宇井氏は沖縄大学の教授として転出した。二〇〇六年に宇井氏は亡くなったが、その時この人が私の両親と同じ昭和ヒトケタ生まれであることを知った。

宇井氏が亡くなってから復刊された『公害原論』（亜紀書房）を私は入手した。情けないことに、仕事に追われて読み終えたのは二〇二〇年十月下旬である。今から五十年前の出来事が記されていたが、内容が古いとは思えなかった。私は、自分の将来の進路について考え始めた一九七二年の事を思い出した。経済の高度成長とともに環境破壊が進み、阪急神戸線で尼崎市内を流れる神崎川の上に差し掛かると、夏の窓の空いた電車の中に悪臭が立ち込めた。自分たちの住む地域の環境を守るための市民運動も盛んで、『公害原論』にはいろいろな人たちが登場する。それまでの大学の講義の前例を破り、学識経験者だけでなく、水俣病の患者さんや汚染のひどい地域に住む漁師さんら市井の人が講師として登場する。『苦海浄土』を著した石牟礼道子さんについても述べられている。

従来、工場等から出る廃液については何の規制もなかった。各地で発生した公害問題に対する国民世論の高まりを受けて、一九六七年に公害対策基本法［法律第百三十二号（昭四二・八・三）］が制定された。環境基準が定められ、公害（大気汚染、土壌汚染、水質汚濁、地盤沈下、騒音、振動、悪臭）の防止のための対策が取られるようになったのである。なお、公害対策基本法は環境基本法（平成五年法律第九十一号）の成立に伴い一九九三年に廃止された。現在では、当時汚染がひどく環境基準を超過していた各地の河川の環境は、大幅に改善されている。


公害が社会問題になっていた頃、食品の汚染も社会問題となっていた。四大公害裁判で原告勝訴の判決が出された頃、森永ヒ素ミルク中毒事件をめぐって患者とその家族が、ヒ素が混入した乳児用の粉ミルクを販売した森永乳業に損害賠償を求める裁判を起こしていた。事件が発生したのは一九五五年（昭和三十年）であり、私が生まれる前である。

私が中学二年生の時、不思議なでき事があった。私が通っていた中学校では給食があった。どういう事情があったかはわからないが、一日だけ森永乳業の牛乳が提供されたのである。同級生は皆ヒ素ミルク事件の事を知っていたので、牛乳に口をつけなかった人が多かった。担任の先生も「牛乳を残さずに飲みなさい」とは言わなかった。翌日には元通り、地元の生産者の提供する保証牛乳が給食に供された。森永乳業に対する不買運動が起こっていた当時、私は森永乳業の社員がすべて悪いとは考えなかった。悪いのは、生産の途中でヒ素が混入した粉ミルクをそのまま市場に出した責任者や経営者だ、と思っていた。

また、一九六八年（昭和四十三年）にカネミ油症事件が起こっている。カネミ倉庫社製のライスオイル（米ぬか油）中に、製造の際の脱臭工程の熱媒体として用いられた、鐘淵化学工業（現カネカ）社製カネクロールが混入していたことが原因で、ポリ塩化ビフェニル（PCB）やダイオキシン類の一種であるポリ塩化ジベンゾフラン（PCDF）による健康障害が発生した。PCBはトランスの絶縁体等広く使用されていたが、カネミ油症事件を受けて製造が禁止された。毒性の強いPCBの確実かつ適正な処理を推進するため、二〇〇一年（平成十三年）「ポリ塩化ビフェニル廃棄物の適正な処理の推進に関する特別措置法」（PCB特別措置法）が公布・施行された。

森永ヒ素ミルク事件もカネミ油症事件も発生から五十年以上経つが、患者さんは五十年以上症状に苦しみ、高齢化したり亡くなったりしている。

大学卒業後、私は食品に関する仕事をすることになった。そして、森永ヒ素ミルク中毒事件がきっかけとなって一九五七年に食品衛生法（昭和二十二年法律第二百三十三号）が改正され、一九六〇年に第一版食品添加物公定書が刊行されたことを知ることになる。

（二）大学進学と就職

四大公害裁判で原告（患者側）勝訴の判決が出て、私は行政裁判を担当する裁判官になりたいと思った。それには父と同じ京都大学の法学部（父は旧制京都大学の最後の卒業生である）に進学して司法試験に合格することが必要だ、と私は単純に考えた。司法試験は大変な難関だった。ところが、高校生になってから私の成績は伸び悩んだ。裁判官になるには司法試験に合格することが必須である。「寝てても京都大学法学部（当時は難関だった）に合格するくらいの余裕がなければ、司法試験に受かりっこない」、そのことに気づいた私は、あっさりと裁判官になる夢を諦め、当時大好きだった世界史を勉強するために京都大学文学部（ここは京都学派のすぐれた学者が集まっていて、湯川秀樹博士のお兄さんであり高名な歴史学者の貝塚茂樹先生が在籍していた）に進学して、中国の歴史を専攻したいと考えた。

世界史は、当時発売された中公文庫の『世界の歴史』全十五巻で勉強した。岩波新書の中国関係の本は、宮崎市定の『宦官』を除き、一通り読んだ。当時読んだ貝塚茂樹の『中国の歴史　上・中・下』の初めに「中国人は面子《めんつ》を重んじる」の一文があった。今から考えても含蓄がある言葉である。ところが、「就職がない」と両親に強く反対された。特に母は、自分が第一志望の国立大学の薬学部（旧帝国大学〔帝大〕の中で東北大学と九州大学のみが、女子に門戸を開いていた）に進学できなかったせいか、私に薬学部に進学するように強く言った。

私は最終的に、理系のクラスを選択することになった。もともと私は文系志望であったが、進路を決める高校二年生の時、数学と英語の成績（点数で表していた）が全く同じだった。当時の担任は英語の先生で、私は「理系に行け」と言われた。もしその時の担任が数学の先生だったら、反対に「文系に行け」と言われたのではないか、と思う。恐ろしく節操がないが、単純な私は、父の「京都大学薬学部に行って国家公務員試験に合格すれば、国立衛生試験所で公害の研究ができるよ」という殺し文句に釣られたのである。しかも父は、幼い頃から人間より花の好きな私に「薬学部に行ったら、植物採集ができるよ」とけしかけた。

私が高校を卒業する一九七七年当時の大学受験は、一次試験で足切りをする東京大学以外は一発勝負だった。国立大学は試験日によって一期校と二期校に分かれており、京都大学等旧帝大をはじめとする一期校の入学試験は、三月三日に始まった。私が現役で受験した京都大学薬学部の受験科目は、国語（現代国語、古典乙、漢文）、数学（数学Ⅰ、数学ⅡB、数学Ⅲ）、英語B、理科二科目（物理Ⅰ・Ⅱ、化学Ⅰ・Ⅱ、指定）、社会一科目（日本史、世界史、地理A、地理Bから一科目選択）のフルコースだった。

受験一日目の三月三日は、私の誕生日である。何の因果で、自分の誕生日に難問の国語と数学の問題を、それぞれ二時間半もかけて解かなければならないのか。私は内心腹を立てていた。受験三日目の三月五日は、私の得意科目である社会（世界史）を受験した。その日の京都市内は雪が積もっていた。受験会場に向かう途中で、荷物を積んだ自転車が倒れて困っていたおじいさんの手助けをした。おじいさんに「ありがとう」と言われていい気になったが、落ちるものは落ちる。

私は父に談判して、一浪することにした。当時、大学受験より難しいと噂されていた、同志社大や京都御所の近くにあった近畿予備校に一年通うことになった。その予備校には、既に難関となっていた医学部を目指す受験生が大勢いて、その中には二浪以上の人が珍しくなかった。

私が高校を卒業した一九七七年当時、浪人する女子はごく少数だった。下手に四年制の女子大に進学すると就職できないから、と言って、就職に有利な短大に進学する同級生の女子は少なくなかった。そもそも当時は中卒で就職する子もおり、高卒で就職する子が多数派であった。だからであろう、私が一浪することになったのを知った私の母方の祖母と伯母が、母のところに電話してきて「おなごが浪人するなんて」と言ってのけたのである。一浪してでも初志貫徹しようとする女子が少なくない今の若い世代とは、隔世の感がある。

植物は好きだが、数学と物理と化学は好きでなかった私は、一浪して一九七八年に京都大学薬学部を再受験した。この年が一期校・二期校の一発勝負の入試制度の最後の年だった。自分の誕生日である三月三日に、国語と数学の難問の入試問題と格闘した。一科目百五十分かけても、数学はたったの六問なのに全問は解けない。三月四日は英語と理科（物理・化学）、三月五日は社会（世界史を選択）という時間割であった。入試が終わった後、京都国立近代美術館まで歩いてピカソ展を見に行った。ゲルニカはレプリカでがっかりしたが、最終日で会場はとにかく人がいっぱいだった。

何とか合格した私は、一期校最後の入学生の一人であった。翌一九七九年に大学入試制度が大きく変更され、本番の前に一斉に試験を受ける共通一次が始まった。大学では植物採集はできなかった。しかも、公害の研究は国立公害研究所に就職しなければできなかった。私は父にまんまと騙されたのだが、時はすでに遅し。当時は、女は結婚退職が当たり前、男女の初任給に差があるのは当たり前で、初任給に差がないのは公務員と外資系だけであったと記憶している。女子の大学院への進学は先ず大学の先生が嫌がるし、たとえ大学院に進学しても男子と違って就職口がない。そんな時代だった。

大卒の女子が国立研究所に研究職として就職する道が一つだけあった。それは、国家公務員採用試験（当時は国家公務員採用試験上級甲種・薬学）に合格することだった。私は三回生と四回生の間の春休みの一か月、生まれて初めて真剣にしかも一日十時間、ものすごく集中した状態で手当たり次第に教養と基礎科目、専門科目を勉強した。四回生の秋、運よく一番で合格することができた。その後、国立衛生試験所、科学警察研究所、特許庁の採用面接に落ち続け、国立がんセンター研究所からは「東京近辺に住んでいる人を採用する」と言われ、五度目の正直で最後に拾ってもらったのが国立栄養研究所だった。十二月半ば過ぎになっていた。就職が決まったのは、薬学部の同級生では私が最後だった。

「これで駄目なら国家公務員になる道を諦める」と決死の覚悟で、新幹線に乗って上京する途中に、車窓から見た富士山の姿が神々しく美しかったことを覚えている。一九八一年の師走のことである。国立栄養研究所での採用が決まった時、当時所属していた生薬学講座のT教授に「謙虚になりなさい。人間は一生が勉強だ」とのお言葉をいただいた。この言葉は私が職業生活を送る上での指針となった。

第三節　五つの職場

私は大学の薬学部を卒業後、厚生省（厚生労働省）所属の二か所の試験研究機関で国家公務員研究職として二十一年間働いた。就職当初、「行政職は広く浅く、研究職は深く狭く」とある先輩に言われた。二番目の職場が閉鎖されることに伴い、二〇〇三年（平成十五年）に中核市になったばかりの高槻市に薬剤師として転職し、保健所、環境部門、水道と三か所の検査施設で理化学検査を担当し、現在に至っている。

今から思い返すと、私は大学卒業後四十年近く化学分析を主とした行政検査に関わっている。尤もこの道一筋という立派なものではなく、結果的にそうなっただけの事である。

（一）国家公務員研究職

（一―一）国立栄養研究所（一九八二年四月一日〜一九八六年五月三十一日）

〈沿革〉

国立栄養研究所は一九二〇年に設立された世界最古の国立栄養研究所である。一九八九年には「国立健康・栄養研究所」に改称され、二〇〇一年（平成十三年）には政府の中央省庁等改革にあわせて、「独立行政法人国立健康・栄養研究所」となった。二〇一五年四月一日に独立行政法人医薬基盤研究所（大阪府茨木市）と独立行政法人国立健康・栄養研究所（東京都新宿区）は統合し、国立研究開発法人医薬基盤・健康・栄養研究所となった。

〈業務内容〉

研究所は七部あり、私は応用食品部研究員となった。業務内容は研究と行政検査であった。主な研究テーマは高脂血症マウス及びラットのコレステロール・胆汁酸代謝に及ぼす食餌成分の影響である。一九八三年四月に日本薬学会で初めて学会発表を行った。三年目には日本語の論文が書けるようになり、四年目には英語の論文が書けるようになった。
　行政検査は栄養改善法第十二条及び第十六条による特殊栄養食品の分析である。一九八二年六月に約一か月、当時代々木八幡にあった財団法人食品分析センターで食品分析の研修を受けた。

（一―二）国立衛生試験所（国立医薬品食品衛生研究所）大阪支所（一九八六年六月一日～二〇〇三年三月三十一日）

〈沿革〉
　大阪支所の起源は明治に遡る。官営の医薬品試験機関　大阪司薬場として一八七五年に発足し、一八八七年に大阪衛生試験所となった。一九四九年に「国立衛生試験所大阪支所」となり、一九九七年「国立医薬品食品衛生研究所（国立衛研）大阪支所」に組織変更となった。大阪支所は二〇〇四年に廃止され、独立行政法人医薬基盤研究所として改組された。

〈業務内容〉
　結婚と同時に一九八六年六月に配置換えとなり、三部のうち食品部（食品試験部）研究員となった。業務内容は研究と行政検査であった。以前は食品そのものが対象で、今度は食品添加物・残留農薬等食品中の「異物」が対象である。

主な研究テーマは、①輸入食品分析に関する研究、②残留農薬分析に関する研究、③食品添加物に関する研究、④先端技術産業で用いられる希土類等の生体影響の評価法に関する研究、⑤新開発食品等の安全性確保に関する研究、⑥内分泌攪乱物質の食品、食器等からの曝露に関する調査研究、である。ラットを用いた動物実験と化学分析を行うことになった。

行政検査としては、検疫所から不定期に依頼される輸入食品中の不許可食品添加物の検査、タール色素の製品検査があった。輸入食品の検査は、一九九二年に神戸検疫所に輸入食品・検疫検査センターが設立されるまで行った。タール色素の製品検査は、国立衛生試験所（後に大阪支所のみ）で行っていたが、二〇〇四年より登録検査機関で行われることになった。

〈職場の閉鎖〉

一九九二年四月に私は主任研究官に昇格し、一九九三年十二月には大阪大学薬学部（衛生化学教室）より薬学博士（論文博士）の学位を授与された。

大阪支所が閉鎖されることは二〇〇〇年一月に具体化した。ゲノム科学等を応用した画期的な医薬品開発等の基盤となる研究を行うため、大阪支所の組織を改編して医薬基盤研究所（基盤研、現・国立研究開発法人医薬基盤・健康・栄養研究所）が茨木市に設立されることになった。
研究内容や体制が大きく異なり、大阪支所の研究職は基盤研に異動することはできなかった。東京（国立医薬品食品衛生研究所）に異動できる職員は東京に異動し、家庭の事情等で東京に異動できない職員は転職先を斡旋していただいた。私は中核市になったばかりの高槻市の保健所に検査担当の薬剤師として転職することになった。

（二）中核市の行政検査に係る基礎用語

〈中核市〉

中核市は一九九五年（平成七年）に創設された制度で、普通地方公共団体のうち、人口二十万以上の市の申出に基づき政令で指定したものをいう。二〇一五年（平成二十七年）九月現在、全国で四十五市あり、近畿圏では十市、大阪府下では指定順に高槻市、東大阪市、豊中市、枚方市の四市である。二〇二〇年十二月三十一日現在では中核市は全国で六十市、大阪府下ではさらに豊中市、吹田市、枚方市、八尾市、寝屋川市の五市が中核市となった。高槻市では中核市になることにより、大阪府から千を超える事務（保健衛生、福祉、教育、環境、まちづくりに関する事務）が移譲された。保健衛生に関する事務が移譲されたことにより、大阪府高槻保健所が高槻市保健所として二〇〇三年（平成十五年）四月一日に発足した。

〈GLP〉

ＧＬＰ（Good Laboratory Practice）は「優良試験室規範（基準）」のことで、医薬品や化学物質等の検査機関で実施される試験検査及びその結果の信頼性を確保するためのシステムである。基本構成は、責任体制の明確化、試験方法の標準化、信頼性保証部門の設置、適切な施設設備・機器の使用と管理である。一九六〇年代のサリドマイド事件等が発端となり、米国食品医薬品局（ＦＤＡ）が試験データの質の信頼性確保に取り組みを始め、一九七八年にＧＬＰ規則を公布し一九七九年に発効させたのが最初である。日本で最初にＧＬＰが適用されたのは医薬品である。一九八二年にＧＬＰ基準が公布され、一九八三年から全面実施された。

〈食品ＧＬＰ〉

一九九六年（平成八年）五月に食品衛生法施行令及び一九九七年（平成九年）一月に食品衛生法施行規則が改正された。一九九七年（平成九年）一月に厚生省から通知された「食品衛生検査施設における検査等の業務管理要領」により、都道府県等が設置する食品衛生検査施設にGLPを導入し、食品の理化学的検査、微生物学的検査及び動物を用いる検査を適正に行うための実施手順を定めることになった。

食品衛生法（昭和二十二年法律第二百三十三号）第二十四条第四項及び第五項の規定に基づく食品衛生監視指導計画による食品収去検査（規格基準の定められた食品微生物、食品添加物、残留農薬等）には、食品GLPが適用される。

〈水道GLP〉

水道水質検査優良試験所規範（略称：水道GLP）は、水道事業体の水質検査部門及び登録検査機関が行う、水道水質検査結果の精度と信頼性保証を確保するためのシステムである。公益社団法人日本水道協会が、水質検査結果の信頼性を確保することを目的として、二〇〇四年（平成十六年）九月に品質管理の国際規格である「ISO9001」と、技術力の証明になる試験所認定の国際規格「ISO/IEC17025」を取り入れて、水道の水質検査に特化して定めたものである。四年ごとに再申請が必要である。

水道法第十三条（給水開始前の水道検査）、第十八条（水道の供給を受ける側からの検査請求）、第二十条（水道施設の定期及び臨時の水質検査）に基づく浄水の水道水質検査に水道ＧＬＰが適用される。

〈公害〉

日本で公害の原点と言われているのは足尾銅山鉱毒事件（明治十一年頃〜）である。四大公害の発生を受けて一九七二年に公害対策基本法（昭和四十二年八月三日法律第百三十二号、環境基本法施行に伴い一九九三年〔平成五年〕十一月十九日廃止）が制定された。国では一九七一年七月に環境庁が発足し、二〇〇一年一月に環境省に昇格した。また、一九七四年三月に公害研究所（現・国立研究開発法人国立環境研究所）が発足した。

公害対策基本法に規定されている「大気汚染」「土壌汚染」「水質汚濁」「地盤沈下」「騒音」「振動」「悪臭」を七大公害という。

〈環境基本法〉

国の基本法の一つである環境基本法（平成五年一月九日法律第九百一号）の法体系には大気汚染防止法、水質汚濁防止法、土壌汚染対策法、環境影響評価法、騒音規制法、下水道法等数々の環境関連の法律がある。

環境基本法第十六条に環境基準が定められている。二〇一二年（平成二十四年）六月二十七日に公布された「原子力規制委員会設置法」の附則により、環境基本法第十三条（放射性物質による汚染の適用除外規定）が削除され、放射性物質による汚染についても環境基本法の対象となった。

（三）中核市の検査

（三―一）高槻市保健所保健衛生課検査係（二〇〇三年四月一日〜二〇一一年三月三十一日）

〈検査の概要〉

①微生物検査（インフルエンザウイルス等は大阪府立公衆衛生研究所〔公衛研〕へ委託）
・感染症：結核菌、赤痢菌等
・食中毒：ノロウイルス、病原性大腸菌O157、サルモネラ属菌、カンピロバクター等
・食品微生物：一般細菌数、黄色ブドウ球菌等、食品規格として定められた細菌検査
・その他：食品苦情等
②理化学検査（抗菌剤等一部は公衛研へ委託）

・家庭用品：乳児用衣類等のホルムアルデヒド
・食品添加物：保存料、着色料、甘味料等
・残留農薬：マラチオン、フェニトロチオン等有機リン系農薬の一部
・その他：魚肉中のヒスタミン等

③水質検査
・専用水道・特設水道・井戸水：環境科学センターへ検査依頼（平成二十七年度より浄水管理センターへ依頼）
・遊泳場水、浴場水：環境科学センターへ検査依頼

〈保健所の発足〉

保健所は医師の所長以下、保健師、獣医師、薬剤師、管理栄養士、事務職、化学職と様々な職種の職員がおり、保健総務課、保健衛生課、保健予防課、健康増進課の四課があった。保健衛生課の業務は食品衛生、環境衛生、狂犬病予防・動物愛護、衛生検査である。私は保健所保健衛生課検査係に理化学検査担当として配属された。保健所立ち上げのため、大阪府から多くの職員が主として幹部職員として派遣されていた。

〈検査体制の立ち上げ〉

保健所の検査は、当初、大阪府保健所と同様「感染症検査」と「専用水道、遊泳場水、浴場水の水質検査」を行い、食品関連の検査は大阪府立公衆衛生研究所（公衛研）に委託していた。水質検査は、保健所で検査を受け付け、検体を環境保全課環境科学センターに搬入して検査を依頼していた。検査係は五人体制で、微生物検査と理化学検査を各二名ずつで担当し、簡単な微生物検査は係員全員ができるようにと研修があった。

平成十四年度採用の若い職員二名は、最初の一年間、公衛研や大阪府保健所で検査に関する研修を受けていた。食品関係検査のうち、食中毒や食品微生物の検査については、緊急を要するものであり、培地等必要試薬を購入し、保健所内で早々に理解を得て検査体制を立ち上げていくことができた。平成十七年度にはリアルタイムＰＣＲ装置を導入し、最初の三年間で微生物検査体制はほぼ確立した。

また、食品理化学検査（食品添加物、残留農薬）については、検査機器の整備、検査技術の習得等に時間を要し、できるところから理化学検査の体制を立ち上げていった。平成十五年度中に食品ＧＬＰの体制を構築した。公衛研や他市の標準作業書をもとに高槻市仕様のものとしていった。当初は、ＧＬＰで定められた検査部門責任者（課長）、検査区分責任者（検査係長）、信頼性確保部門責任者（課長補佐）、及び検査担当者（検査係員）をすべて保健衛生課内で賄った。

〈食品理化学検査〉

当初、検査室には食品理化学検査に必要な器具はなく、分析機器は吸光高度計と高速液体クロマトグラフ（ＨＰＬＣ）しかなかったが、数年を経て、必要な検査機器を順次整備していった。

公衛研の標準作業書を参考にし、厚生労働省通知、『食品衛生検査指針』や『衛生試験法注解』を参照し、保健所検査室にある器具や機器に合わせて工夫や改良を加えながら標準作業書を作成していった。また、薬品管理マニュアルを作成し、試薬の管理を始めた。

中国製冷凍餃子中毒事件（二〇〇七～二〇〇八年）が契機となり、ガスクロマトグラフ―質量分析計（ＧＣ―ＭＳ）を二〇〇九年に導入して農産物中の残留農薬検査を実施することになった。

（三―二）産業環境部環境保全課環境科学センター（二〇一一年四月一日～二〇一四年九月三十日）

〈検査の概要〉

①公共用水域の常時監視

②工場排水の検査：揮発性有機化合物（ＶＯＣ）、重金属等

③地下水の検査：ＶＯＣ、重金属等
④農業用水、池の水の検査：化学的酸素要求量（ＣＯＤ）、全窒素、細菌等
⑤保健所水質検査：専用水道等の水道水質（平成二十六年度末まで）、遊泳場水、浴場水

〈環境科学センター〉

環境保全課には化学職の職員が多い。主な業務は大気、水質、土壌汚染、騒音・振動等公害の監視と規制である。環境科学センターは環境保全課の一チームであり、一九九二年（平成四年）に開所した。前身は一九七一年（昭和四十六年）に市民会館一階に設置された公害研究室である。六名の職員で水質検査と施設の管理業務を行ったほか、大気の常時監視とダイオキシンの検査業務が本庁より環境科学センターに移行された。二〇一九年（平成三十一年）三月末に廃止。

〈空間放射線量の測定〉

二〇一一年三月に発生した東日本大震災では津波のため三陸海岸を中心に大きな被害が出て、多くの人命が失われた。さらに福島第一原子力発電所が津波のため停電して冷却水が供給されなくなったために炉心がメルトダウンして大量の放射性物質が放出されたため、被害が大きくなった。新しい環境問題の発生である。

二〇一一年三月に滋賀県が福井県にある原子力発電所が福島第一原子力発電所と同様の事故を起こした場合の放射性物質の拡散のシミュレーションを行った。箕面市の場合と同様、想定されたケースのうち一部で高槻市北部が放射性物質拡散予測範囲内（半径三十キロメートル以内）になる可能性があることが分かった。二〇一三年二月より、環境科学センターの職員が市内施設において年四回空間放射線量を測定することになった。

〈保健所水道水質検査の浄水管理センターへの移行〉

二〇〇三年（平成十五年）に水道法が改正され、水道水質基準が五十項目（現在は五十一項目）になったのを期に、環境科学センターで多くの水質分析機器が導入された。それから十年以上経ち、多くの機器が更新時期を迎えた。

そこで、高槻市として、費用対効果の観点から水道法に基づく水質検査を水道部浄水管理センターへ移行することとし、平成十五年（二〇〇三年）度より産業環境部環境保全課環境科学センターで行ってきた保健所の水道水質検査は、平成二十七年（二〇一五年）度より水道部浄水管理センターで行われることになった。私は二〇一四年十月一日付で浄水管理センターに異動した。

（三―三）水道部浄水管理センター水質チーム（二〇一四年十月一日～現在）

〈検査の概要〉

ここでの業務は水道法施行規則第十五条第六項に規定されている水質検査計画に基づく水道水質検査であり、その内容は高槻市ＨＰで公表している。

①毎日検査
・給水栓（蛇口）で一日一回行うことが義務付けられている検査
②水質基準項目五十一項目
・供給されている水道水全てが適合しなければならない基準
③水質管理目標設定項目二十七項目
・水質管理上留意すべき項目（農薬類は公衛研〔現・大阪健康安全基盤研究所〕及び大阪広域水道企業団〔企業団〕に委託）
④高槻市独自の項目
・クリプトスポリジウム等：外部委託
・クリプトスポリジウム等指標菌：自己検査
・ビスフェノールA、ノニルフェノール：企業団に委託
・ダイオキシン類：外部委託
・放射能：企業団に委託（現在は休止）

⑤その他

・竣工検査・漏水検査

・市民からの苦情検査（異物検査は企業団に依頼）

〈浄水管理センター〉

水道事業体（高槻市では水道部）は地方公営企業であり、地方公営企業法が適用される。市長部局は公会計だが水道部では企業会計である。

浄水管理センターでは、高槻市内の浄水・送配水施設の管理（企業団との受水調整を含む）・運転、水質の管理を行っている。高槻市内には、地下水を水源とする大冠浄水場、川の表流水を水源とする樫田浄水場と川久保浄水場の三浄水場があり、市内に供給している水道水に占める自己水の割合は約三十％である。

浄水管理センターでは三チームにより業務を行っている。水質チーム六名のうち私（薬剤師）以外は化学職である。所長の下、管理・運用チームでは浄水・送配水施設の管理・運転を行っており、電気職、機械職が多い。

水質チームでは、平成二十六年度の下半期に通常業務のほか、水道GLP認定の取得に向けた作業と保健所所管の水道水質検査を浄水管理センターで実施することに関する事務作業を分担して行った。水道GLP認定の取得に向けた準備は既に始まっていた。二〇一四年十月に水道GLP事務局による現地審査があり、二〇一五年一月二十八日に水道GLPの認定を取得した。保健所所管の水道水質検査においては、覚書と実施要領を作成して業務を明確にするとともに、異なる会計制度に対応するものとした。

（四）中核市の行政検査の課題

以下、中核市の行政検査の課題について考察する。検査施設の課題は、精確な検査を行うこと、設備・機器の適正な管理と計画的な更新、人材育成と技術継承である。

（四―一）精確な検査

行政検査は市民の健康を守るため法令等に基づいて行う検査である。従って、行政検査を行うにあたっては、定められた方法で精確な検査結果を出さなければならない。

食品GLPや水道GLPでは検査方法が標準作業書としてマニュアル化されており、検査を行った記録を文書として一定期間残すことになっている。検査の精度を確認するため、精度管理を行う。また、GLPとは別に、毒物や薬物、危険物の管理や試薬等の廃棄は法律を遵守して行わなければならない。

食品GLPでは、精度管理の方法が厚生労働省通知によって定められている。精度管理には内部精度管理と外部精度管理がある。内部精度管理は定められた頻度で、食品試料に既知量の分析対象物質を添加し、五試行で添加回収試験を行い、回収率が定められた範囲にあることを確認する。外部精度管理は、実施機関（厚生労働省等）から送付された未知濃度の分析対象物質が添加された試料を入手して五試行で定量分析（含有量を数値で表す）を行う、或いは定性分析（添加物質の種類を確定する）を行う。精度管理とは別に、残留農薬や金属については試験法の妥当性を評価する妥当性評価ガイドラインが定められている。

水道GLPでは、定量分析について内部精度管理と外部精度管理がある。精度管理の内容は食品GLPとほぼ同様である。高槻市浄水管理センターにおける内部精度管理では、年に一度精製水等に定量下限（通常は水質基準の十分の一）濃度になるよう目的物質を添加し、五試行で添加回収試験を行い、回収率が定められた範囲にあることを確認している。また、厚生労働省、公衛研、企業団の三機関が実施する外部精度管理に参加している。精度管理とは別に、水道水質についても妥当性評価ガイドラインが定められている。

他の自治体等では、過去に食品検査において、検査していないのに検査を行ったことにして報告書を作成したり、公定法に基づかない誤った検査に基づき行政処分を行った事例があった。このような不正や検査の過ちは検査機関としてはあってはならないことであり、通常の検査において複数の職員によるチェック体制が有効に働くシステムを確立する必要がある、と考える。

(四―二) 設備・機器の適正な管理と計画的な更新

精確な行政検査を行うためには、設備・機器を適正に管理し、計画的な更新を行うことが必須である。

設備・機器の適正な管理には定期的な保守が必要であり、また設備・機器の更新計画を立てて計画的な更新を行うことが必要と考える。法令等の改正により新たな試験法が導入され、新たな分析機器の導入が必要になることもある。費用と人員体制を理由に検査の外部委託を検討する必要も出てくる。

検査施設は研究所と同様、利益を生み出す性質のものではなく、財政事情によっては各検査施設の業務内容を精査して整理・統合することもありうる、と考えられる。

(四―三) 人材育成と技術継承

行政検査においても他の行政事務と同様、業務を担う人材の育成と技術継承は重要である。

昔、一人前になるには十年かかるとよく言われたものだが、今でも専門性の高い特殊な技術を身につけるには時間がかかる。若い職員の育成のためには長期間同じ部署に配置せずに一定期間ごとに異動させて経験値を上げることは必要だと思う。だが行政検査のように専門性が高く技術を習熟するのに時間がかかる部署においては、人材育成のために異動の周期を五~八年にするのが適切である、と私は考える。一方、特定の職員が何十年も同じ職場に在籍する等して組織が硬直化することは避けなければならないと思う。

技術の継承については、わかりやすいマニュアルの整備と丁寧なＯＪＴによる教育を行い、確実な技術移転が必要だと考える。

さらに、法令等の改正、社会情勢の変化について常に新しい情報を得るように努力する必要があると考えられる。また、検査技術の進歩、検査内容に関わる新しい知見についても常に勉強する必要がある、と考える。

第二章　現《うつつ》と幻の間

この世で一番怖いものは何か。そう問われたら私は迷わず「おばけ」と答える。何故なら「得体が知れない」からである。

第一節　この世の者ならざる存在

（一）暗闇の恐怖

私は幼い頃、暗い処が苦手であった。子供だから午後八時には寝かされる。部屋を隔てる襖を閉められ、蛍光灯の豆電球（豆球）が点けられる。ところが、蛍光灯の笠を通じて天井板に映る火影は、どう見ても化け物であった。それを見ると怖くて目を閉じられなくなる。

入眠幻覚というのか、私は寝入りばなによく怖い夢を見た。夢を見ているうちに身体の自由が利かなくなり、目が覚める。声を出そうとするにも声は出ず、手足は動かない。いわゆる金縛り状態である。これは恐怖であった。もしこれが暗い処で起これば、必ずパニックになる。だから、私は暗い処が苦手であった。

父方の伯母がある時こんなことを教えてくれた。

「豆球をつけて天井を見ながら布団に寝てうとうとしていると、橋の上を火の玉がやって来るのが見えた」

その話を聞いてから、寝室にともされた蛍光灯の豆球が余計に怖くなった。こんな私の気持ちも知らないで、親は私と妹を部屋に敷いた布団の上に寝かせ、蛍光灯の豆球を灯し、部屋を仕切る襖を閉める。寝ないと怒られるので、私は仕方なく、先に寝入った妹とそっと手をつなぐのである。情けないことこの上ない。

今から半世紀以上前の事である。夜になって灯る街灯は、今よりずっと暗かった。私が歩くごとに長く伸びる影が幾重にもなって、私の意志とは無関係に動く。そんな時、誰かが言った話を思い出す。幽霊には実体がないから影はない。だから、人間に影がなくなったらその人は死ぬ。その情景を思い浮かべると、頭の後ろに心臓がやって来て「どく、どく」と脈打つ大きな音が耳に響いてくる。

暗闇に光る猫の目も恐怖であった。暗闇にぼうっと浮かぶ二つの眼は、幼い私にとっては化け物でしかなかった。夜道はひたすら怖い。本当に怖い人が襲ってこなくても、である。

頭の後ろに心臓がやって来て、「どく、どく」と脈打つ大きな音が耳に響いてくる、という感覚は、成長するにつれてなくなった。よく考えると、胸の中にある心臓が頭の後ろに動いてくるわけがない。あれは、一体何だったのだろう。

（二）川で泳ぐ

「川には浅いところと深いところがあって、流れが速いところは深い。だから、川で泳ぐのは危険だ」

私が子供の頃、父がよくこう言っていた。だから、二〇一二年の春に安威川（茨木市）で、二〇一九年の秋に芥川（高槻市）で水難事故が起こった時、事故に遭われた人たちには大変申し訳ないが、この人たちは川の中に入ることは危険だということを誰にも教えられなかったのだろうか、と思った。いずれも溺れた人たちは誰一人助からず、残された家族が悲しく辛い思いを持ち続けることになったからである。

そういう父も、子供の頃には川で泳いでいたらしい。愛媛県伊予郡市場村（現在の伊予市）という田舎の話である。川で泳いだ父は、家に帰ると高熱を出した。布団の上でうなされている父のために、家族が近所の祈祷師のおじさんを呼んできた。

おじさんは父を見て言った。

「この子は、川で溺れた男の子に取り憑かれたんや」

何やら唱えながらおじさんは包丁を研ぎ、えいやっとばかりに父の目の前に突き出した。父はびっくりしたが、見る見るうちに熱が下がって元気になったらしい。

後で聞いた話では、父が泳いでいた川の淵で、以前にある男の子が泳いでいて溺れ死んだらしい。その死んだ男の子が父に取り憑いたのだろう、ということだった。

（三）火の玉　その1

私が幼い頃、父が言っていた。

「昔のお墓は、土の中に木の棺に入れた死人を埋葬して、その上に土を盛り上がるようにかぶせたもんや。一年くらいするとすとんと土が落ちて地面が平らになる」

昔は田舎で土葬していたのだろう。一年くらいして遺体が土に戻り、盛り上がるようにかぶせた土が平らになって地面と同化するのだろう。大人になってそのことに気づいた。

「悪いことをしたら、墓から火の玉が出てきて、追いかけてくるよ」

子供の頃は、火の玉の話を時々聞いた。一九六〇年代初期（昭和四十年代）の頃である。正月に近所の門戸厄神に初詣に行くと、白い服を着た傷痍兵たちがアコーディオンを弾きながら軍歌を歌って、通りがかりの人たちのうちの何人かが銀色のアルマイトの弁当箱の蓋に小銭を投げ入れて行った時代である。

小学校の同級生にT岡くんという男の子がいた。クラスが違っていたが、家は近かった。その一年生だったT岡くんは、まるでランドセルが歩いているような小さな男の子だった。二学期にT岡くんが夏休みに田舎に帰って（帰省して）、火の玉に追いかけられたらしい。二学期になっても、T岡くんはやはり小さい男の子だった。そして、その年の秋に転校して行った。

（四）みゆきちゃんの悪夢

みゆきちゃんは小学二年生の時に私が在籍していたクラスに転入してきた、眼がぱっちりとした色黒の背の高い女の子だった。私は間もなくみゆきちゃんと親しくなった。

小学四年生になると、私はみゆきちゃんと一緒に毎週土曜日の午後に当時市立体育館で開講されていた体操教室に通った。漸くジャージーの体操服が出回り始めた頃である。市内の武庫川女子大体育学部の女子学生が黒いレオタードを着て、同じ体育館で鞍馬や段違い平行棒等の練習をしていた。みゆきちゃんと私は体操教室では違う組だったが、行き帰りは一緒で、いつも道草を食って帰った。

みゆきちゃんは時々妙なことを言った。廃屋の中に人が動くのが見えると言う。私には何も見えなかった。ある時には、時々同じ怖い夢を見るという。

「私はお母さんと弟と一緒にいる。でも、あたりがだんだん暗くなっていつの間にかお母さんも弟もいない。気が付くと私の周りに誰もいない。暗くなって私がどこにいるのかもわからない」

ある日、どこかで火事があったらしく、消防車がサイレンを鳴らしながら走っていく。

「早く帰ろう。火事を見ると必ずあの怖い夢を見る」

みゆきちゃんは真剣な顔をして私を引っ張るように一目散に家の方角に向かった。私には、みゆきちゃんが嘘を言っているようには思えなかった。

小学三、四年生の時には私はみゆきちゃんとは別のクラスだった。そして五年生の時に再び同じクラスになった。だが、間もなく、みゆきちゃんは転校して行った。それから、みゆきちゃんには一度も会っていない。

今になって思う。みゆきちゃんには小さい頃に何かトラウマになるような出来事があったのではないか。みゆきちゃんがどこかで元気に暮らしていることを私は願っている。

（五）先生から聞いた怖い話

私が小学四年生になった時、終戦の日即ち昭和二十年（一九四五年）八月十五日に生まれたという、大学を卒業したばかりのN村先生という若い男性が担任となった。小学校に入学して二年間はM砂先生という年輩の男の先生、三年生の時はN沢先生という年配の女性の先生だったから、若い先生に担当してもらうのは初めてだった。

一九六八年のことである。この年は明治百年に当たり、日本で初めて心臓の生体移植が行われた年であった。クラスは皆ギャングエイジと言われる年齢の子供たちである。このN村先生、学級目標を決めるのは多数決で、等斬新な教育をしてくれた。クラスのある男子児童の提案で、ある週は「人の不幸を喜ばない」、次の週は「人の幸せを妬まない」という面白い学級目標が多数決で決められた。

N村先生はある日、クラスの皆に先生に対する希望と称してアンケートをした。私は「前の先生はよく話をしてくれた。N村先生もいろいろな話をしてほしい」と書いた。その願いが届いたのか、N村先生は授業の合間にいろいろな話をしてくれるようになった。その中に怖い話があった。

一つは米軍基地らしい場所でのアルバイトの話である。アルコールの大きなプールの中に兵士の裸の死体がいくつもぷかぷか浮いている。中にはひどく傷ついた死体もあったらしい。時々液面に浮かんでくる死体を棒でアルコールの中に沈めるアルバイトである。一晩で一万円という破格のアルバイトだったが、「こんなアルバイトは絶対したくない」とN村先生はおっしゃった。後年大人になってから埼玉県出身の検疫所の職員と話す機会があった。その人は「それ、横須賀基地の話じゃないの？」と言った。もしこの話が本当ならば、ベトナム戦争で戦死した米軍兵士の死体をきれいに洗い清めるアルバイトであったのだろうと推定される。

もう一つは、ある小学校の校長先生の話である。その校長先生はいつも校内を巡回して子供たちの授業の様子を観察していた。授業中廊下からコツコツという靴音が聞こえると、先生も子供も「校長先生が巡回されている」と気づくのだった。この校長先生は、ある日出張先で交通事故に遭って亡くなってしまった。ちょうどその時、学校の廊下をコツコツ歩く靴音が教室で聞こえたそうである。子供たちは「あ、校長先生だ」と喜んだが、校長先生が出張先で交通事故に遭って亡くなった話を聞いていた教頭先生は青くなった、とのことである。この話は、当時知られていた学校の怪談であったようだ。私はこの話を何かの本で読んだ。

（十六）幽霊騒ぎ

私が中学生、妹が小学生の時の話である。その頃、私たち家族は大阪府交野市で暮らしていた。石油ショックのあった一九七三年より少し前の頃だっただろうか。お隣の韓国では朴正熙大統領による強権政治が行われ、社会不安からか女子高生などの間で集団ヒステリーの事例が時々見られることが話題になっていた。T・K生による「韓国からの通信」が「世界」に連載され始めた頃の話である。

妹の通う小学校には、O教諭というベテランの男性教師がいた。私が小学六年生の時に西宮市の教育熱心な家庭の子女の集まる小学校から交野市の新設の小学校に転校した時に、担任だった先生である。熱心な先生ではあるが、時々クラスの男の子にびんたをくらわすのに私は面食らった。びんたをくらうのは決まって悪さをした男の子である。だが、こんな光景を見るのは気持ちの良いものではない。

妹の担任はO教諭ではなかった。だが、四年生のあるクラスの担任だったO教諭のクラスで、一学期にある男の子が交通事故で亡くなり、二学期には別の男の子が工事現場で遊んでいて砂に埋もれるという事故で亡くなっている。立て続けにO教諭のクラスで教え子が二人も亡くなるのは奇妙な話だが、さらに奇妙なことが起こった。

ある秋の日、妹の通う小学校で児童たちが体育館に一堂に会することがあった。その時、妹が言うには、児童たちがざわざわし始めた。体育館に生暖かい一陣の風が吹き、体育館の上方にＯ教諭のクラスで亡くなった二人の男の子の顔が浮かび、Ｏ教諭の方をものすごい目つきで睨みつけていたそうである。妹には実際その男の子たちの姿は見えなかった、と言うが、妹のクラスの女の子の約半分がその死んだはずの男の子たちの姿を見た、と言う。

この幽霊騒ぎは結局その一回限りで、別の小学校に広まった形跡はない。

（七）Ｈバイパス

妹が通っていた小学校で幽霊騒ぎがあった頃の話である。京都市の山科に住んでいた父方の伯父が、大阪府交野市に私たち一家を車で送ってくれた。伯父は大正生まれで、甲種合格で兵役に行った体格の良い人である。その伯父が「Ｈバイパスに幽霊が出る」と真顔で言う。どう見ても「この世の者ならざる存在」が見える「霊感のある人」ではない。

その頃、確かに「Ｈバイパスに幽霊が出る」という噂があった。夜一人で車を運転していると、いつの間にか後部の座席に見知らぬ女の人が座っている。しばらくすると女の人の姿は消え、後部の座席が濡れている、というよくあるパターンの幽霊話である。海辺でも川辺でもないのになぜ座席が濡れるのだろう。私は不思議に思った。

（八）オカルトブーム

世の中が不安になるとオカルトブームが流行るらしい。一九七三年の石油ショックを発端に日本全国でトイレットペーパー買い占めの騒動が勃発した。ユリ＝ゲラーのスプーン曲げが流行ったのも『ノストラダムスの大予言』がベストセラーになったのもこの頃以降であったと記憶している。私は既に中学三年生から高校生になっていたので、スプーン曲げも『ノストラダムスの大予言』も胡散臭いな、と思っていた。

一九七八年には全国の小中学生の間で「口裂け女」が流行した。大きなマスクをした若い女が「私、きれい？」と聞いてくる。マスクを外すと女の口は耳まで裂けている。「きれい」と答えても「きれいじゃない」と答えても襲いかかってくる、というような内容だったと記憶している。発端は岐阜県の各務原市或いは大垣市という説もあるが、定かではない。整形手術に失敗して恨みを抱いて死んだ若い女が化けた、とか、百メートルを三秒で走る、とかいろいろな尾ひれがついて流行していた。私は既に高校を卒業していたし、妹も高校生になっていたので、家で話題になることはなかった。だが、マスクと言うと口裂け女を連想するので、私自身は今でもマスクをすることには抵抗がある。

『ノストラダムスの大予言』では一九九九年に人類は滅ぶことになっていたが、実際には世界を揺るがすようなことは起こらず無事に二十一世紀を迎えることができた。ただ私にとっては、一九九九年には父が自宅で倒れ、その七か月後に息を引き取るまで難儀することになった。しかも翌二〇〇〇年には当時の職場である国立医薬品食品衛生研究所大阪支所が四年後に廃止されることが本決まりになり、私にとっては厄年であったともいえる。

(九) 火の玉　その2

私が高校生の時である。同級生のM山さんが、不思議な話をしてくれた。

ある日の夕方、M山さんがお姉さんと自宅でテレビを見ていた時、ふと外を見ると、向かいの家の二階の窓の外を火の玉がゆらゆらと飛んで家の中に入って行った。火の玉は赤黒い色をしていた。目撃者のM山さんとお姉さんはびっくりして、向かいの家の人に火の玉を見た話をした。

「縁起でもない話をしないでください」

向かいの家の人からはそう叱られたそうだ。向かいの家には、長い間病院に入院していたおじいさんがいたそうである。そのおじいさんが翌日の未明に容態が急変して亡くなった、という話を聞いて、M山さんとお姉さんは真青になったと言う。

M山さんは当時キリスト教に傾倒していて、聖書を英語と日本語で読んで勉強していた。週に一回教会に通い、めでたく洗礼を受けた。その教会はカトリックではなくプロテスタントの教会だったので、残念ながら洗礼名はなかった、とのことだった。

その後、私もM山さんも大学は理系学部に進学したが、世の中には摩訶不思議な事もあるものだ、という感覚は持ち合わせていた。私が不思議な事を経験するのは、大人になってからである。

（十）山に行けば死人《しびと》が憑く

山に行けば死人が憑く。まるで柳田国男の『遠野物語・山の人生』（岩波文庫）にでも出てきそうな話を、私は父から聞いた。父は私が幼い頃から「どんなに低い山でも、一人で山に行ってはいけない」と言っていた。ある時は「危ないから」と言い、またある時は「子取りに遭うから」と言った。だが、母が死んで間もない時、父は「山に行けば死人が憑く」と言った。

「誰がそんなことを言ったのか」と訊くと「(自分の)おばあさん」と答えが返って来た。父の祖母つまり私の曾祖母に当たる人は、父の母方の祖母に当たる。文久何年だかの生まれで、私が生まれる以前に八十七歳で天寿を全うしたという。愛媛県伊予郡市場村の人で、生前は非常に達筆で、短冊に三十一文字《みそひと》の歌をすらすらと毛筆でしたためたという人物である。明治より前の時代の生まれの片田舎のおばあさんなのに、文盲ではなかった。今から思えば不思議な人である。

柳田国男の作品には「人の魂は死ぬと山に上る。そして長い時間が経つと祖霊となって子孫を見守る」という話が出てくる。『遠野物語』は東北の話、曾祖母の話は四国の話。地理的には遠く離れていて、気候も風土も随分異なる。どう考えても接点はなさそうだが、よく似た話があったものである。

(十一)ドッペルゲンガー

私は四十代後半で両膝の半月板と靭帯を損傷して走ることができなくなるまで、身体を鍛えるために週に一、二回安威川の河川敷を五～七キロメートル走っていた。子供が小さい頃、河川敷でよく出会うおじいさんがいた。気さくなおじいさんはある日私に言った。

「わしは毎日こうして散歩しているけれども、最近毎日のようにあんたにそっくりな人に出会う。顔も体型も走り方も走るスピードもあんたにそっくりだけど、あんたと違って声をかけても反応がない」

世の中には自分にそっくりな人が三人いるというけれども、本当かな、と私は思った。ところがある日、いつものように河川敷を走っていると、対岸の堤防の上を走っている人物を見つけた。体型も髪型も私とそっくり、走るスピードも私とぴったり一緒。こちらが相手を見遣ると相手も私の方を見る。おじいさんの言っていた人かな、と思った。しばらく並行して走っていたが、堤防の上の道が途絶えるところで相手の姿は消えた。

ドッペルゲンガーだったのだろうか。ドッペルゲンガーに会うとその人は数日以内に死ぬ、という噂もあるそうだが、その後私はドッペルゲンガーに会うこともなく、件のおじいさんも「あんたにそっくりな人と会った」とは言わなくなった。

(十二) 学校の怪談

小学生になったばかりの子供にとって、学校は未知の空間である。

私が西宮市内の明治時代に開校した甲東小学校に入学したのは、一九六四年の春である。

当時の小学校には、鉄筋校舎の横に木造校舎が二棟建っていて、西側の木造校舎の一階には一年生、東側の木造校舎の一階には二年生、二階には四年生が入ることになっていた。西側の木造校舎の二階は古すぎて危険とのことで、物置になっていた。木造校舎の北側には鉄筋校舎が二棟建っていて、西側の古い鉄筋校舎には三年生、東側の新しい鉄筋校舎には五年生と六年生が入ることになっていた。古い鉄筋校舎には理科室が二つあり、廊下には猫の神経等ホルマリン漬けになった様々な標本、人間の骨格の模型があった。

二年生の時、しっかり者のN本くんが東側の木造校舎の一階の教室で給食を食べていると、天井から牛乳がこぼれてきてN本くんのおかず入れに入ってしまった。

「先生、二階から牛乳が落ちてきてぼくのおかずにかかりました」

とN本くんは言って、おかずを残した。

私が四年生になった時、その木造校舎の二階は使われておらず物置になっていた。クラスメートの男の子たちと学校の探検をした時、二年生の時N本くんや私が入っていた教室の真上の教室の床には穴が開いていて、階下の教室が見えた。N本くんの言っていた話は嘘ではなかった。三年生の時には、古い鉄筋校舎の外壁に大きな黒い蜘蛛が這っているのを見たことがあり、単純な私は「化け蜘蛛だ」と思った。また、理科室の前を通る時にいつも目に入る人間の骨格標本やホルマリン漬けの標本は、確かに気味が悪かった。理科室に幽霊が出てもおかしくないな、と私は思った。

時代は下り、私の子供は茨木市内の庄栄小学校に入学した。長男が小学生になる前の年である一九九四年には「トイレの花子さん」が流行っていた。学校の四つある和式トイレの向こうから二番目の個室に入ると、花子さんが出る、と長男はお姉さんのいる友達から聞いた。当時は普通の家庭でも洋式トイレが普及していて、和式トイレは子供にとって異空間を感じるものになっていたのだろう。

次男が四年生であった二〇〇一年には「学校の怪談」が大流行していた。学校に幽霊が出る等、テレビ、映画、アニメ、本等さまざまな媒体でいろいろな話が流布していた。次男は「おばけはこわい」と思っていたらしく、家で学校の怪談の話をすることはなかった。しかし、次男はある秋の日にとんでもない災難に遭った。学校の階段でこけて前歯二本と歯槽骨を折るけがをしたのである。友達とトラブルがあった訳ではなく、単に両手が荷物でふさがっていたために手で防御の姿勢を取ることができなかったための自損事故ではあったが、私は学校の先生から呼び出され、次男はそれから数年間歯科医院にお世話になる羽目になった。

今はどんなおばけが流行っているのか知らないが、学校という一種の異空間では、怪談は周期的に流行を繰り返しているのかもしれない。

第二節　占い

(一) おみくじ

当たるも八卦、当たらぬも八卦という。占いは自分の都合の良いように解釈すればよいのだが、悪い結果を信じてしまうと本当に悪いことが起こる、という例を父が私に話してくれた。

一九六四年（昭和三十九年）の正月の事である。私は幼稚園の年中組に在籍していた。正月に父方の祖母が私の家にやって来て、皆と一緒に近所の門戸厄神に初詣に行った。行きに祖母がおみくじを引くと「大凶」が出た。気になった祖母が帰りにもう一度おみくじを引くと、再び「大凶」が出た。

祖母は当時父方の伯父や伯母たちとともに京都市内の山科に住んでいたが、三月に体調不良を訴えて近くの音羽病院に入院した。しばらく入院していて「胆石でしょう」と言われたらしい。当時はＮＭＲやＣＴはもとより超音波診断もなかったであろうから、おなかの中がどうなっているかは実際に開腹しないとわからなかったのだろう。

祖母の体調不良は治らず、九月になって京都府立医科大学附属病院に転院し、そこで手術を受けた。おなかを開くと、胆嚢癌であることが判明した。しかもその時には癌があちこちに転移していて手の付けられない状態だったそうである。おなかは再び閉じられ、その月の第四土曜日の未明に祖母は息を引き取った。

私は母に連れられて半地下になった病院の霊安室に行った。祖母が死んだ日は雨だった。霊安室のベッドには、強い黄疸が出て真っ黄っ黄になった祖母が横たわっていた。前日から病院に泊まり込んでいた父をはじめ大人たちは無言である。私はつまらないので、霊安室の外の半地下になって空が見える方向へ行こうとした。

「そっちに行ったら怖いものが出るよ」

父に脅かされて、私はすごすごと霊安室の祖母の側に戻ったのであった。

（二）手相見

私が就職して二年目、一九八三年に、母は非分泌型の多発骨髄腫による腎不全のために死んだ。五十一歳の誕生日を迎える十日前の事だった。父は「大丈夫か」と思うくらい落ち込んだ。奈良県生駒郡平群町で父と同居する妹は、短大を卒業して大阪市内の本町の某大手会社でＯＬをしていたが、糸の切れた凧のように宝塚歌劇に夢中になっていて、父との関係はよくなかった。私は当時東京で一人暮らしをしながら働いていて、年に数回帰省するのみだった。

一九八五年の正月、私は閉じこもりがちな父を家の外に連れ出すため、「橿原神宮に初詣に行こう」と誘った。橿原神宮と聞くと、陸軍士官学校在学中に終戦を迎えた、昭和二年生まれの父は嫌がったが、「初詣客で超満員の春日大社や朝護孫子寺と違って空いてるから」と言って連れ出した。

橿原神宮は官営の神社で、平安神宮と同じく明治維新以降に造営された新しい神社である。境内は広く、きれいな場所だった。参道に四十歳くらいの地味な女の人がいた。手相見であった。私はなぜかその人に引き寄せられるようにして、手相を見てもらった。

「あんたは今年のうちに夫となる人に出会う」

その女性は私の手相を見るなり、初対面の私にそう言った。付き合っている男性のいなかった私は「嘘でしょ」と言った。だが、女性は言う。

「手相にそう書いている」

さらに女性は言った。

「子供は男の子が二人。性格は違うけれども、どちらもとてもいい子。それから、理由はわからないけれども、結婚しても別居期間が長くなる。夫になる人といろいろなところに旅行する」

「仕事は？」

　私は当時最大の関心事だった仕事について尋ねた。

「仕事はねえ。実力がないわけではないけれども、もう少しというところでうまくいかなくなる。四十代半ばで何かあるけれども、それを乗り越えたら後は大丈夫。でも、あんたは家庭には恵まれる。あんたの二人の子供は本当にいい子だよ」

　赤の他人の掌の線を見ただけで、どうしてそこまで言えるのか。私は半信半疑だった。


　それから三十五年以上経った。手相見の女性が言っていたことは全て当たっていた。

　一九八五年の九月、私はある人の紹介で夫となる人に出会った。私は結婚して東京から関西に戻った。二人の男の子が生まれたが、夫は長男が三歳、次男が零歳の時に大分に単身赴任した。夫は何度か転勤したが、週末に伝書鳩のように帰って来る単身赴任生活はのべ二十年を超える。しばらくの間、毎年のように親子四人で全国各地へ家族旅行をした。そのうち二人の息子は大きなけがや病気になることもぐれることもなくまっすぐ育ち、中学入試を経て自分のやりたいことを見つけて志望大学に合格し、社会人となった。

　一九八六年六月、私は最初の職場である国立栄養研究所から、当時の上司の尽力で二番目の職場である国立衛生試験所大阪支所に配置替えとなった。そして二番目の職場が廃止されることに伴い、二〇〇三年四月、四十四歳の時に当時の支所長の尽力で高槻市に転職した。三番目の職場は保健所であったが、人間関係の軋轢が凄まじかった。八年間我慢して自分の仕事だけはしっかりするうちに身体を壊し、自ら人事権を持つ次長に働きかけて二〇一一年四月に四番目の職場（環境部環境政策室環境保全課環境科学センター）に異動した。東日本大震災が起こってから三週間後であった。

二〇一四年十月、些細なことで職員を振り回す噂の多かったある女性議員の悪口を言ったことが原因で、五番目の職場である水道部浄水管理センター（大冠浄水場）に異動することになった。二〇一八年に大阪府北部地震による災害時対応を経験し、二〇一九年三月末に無事定年を迎えた。現在はそのまま再任用職員として働いている。四番目の職場は私が定年退職を迎えた二〇一九年三月末に廃止された。当時の上司だった女性課長は定年を前に退職し、また件の女性議員は後の選挙で落選した。

赤の他人である私の人生を見事に言い当てた手相見の女性には、その後一度も会っていない。あれだけ他人の先の人生が見える人は、世の中で生きていくのがつらいのではないだろうか。だから手相見となってひっそりと生きていたのではないだろうか。ここまで当たるのなら、あの時自分はいつどこでどんな死に方をするのか聞いておけばよかった、と私は思う。

第三節　先の戦争の伝聞

（一）隣のおばあさん

私が子供の頃、父方の伯母は伯父一家と一緒に京都市の山科で暮らしていた。二軒続きの社宅で、伯父の家の隣の家には、戦争で自慢の息子を亡くしてしまったがために気が狂ってしまったおばあさんが住んでいた。

おばあさんの面倒は甥御さん夫婦が見ていたが、伯父や伯母はよくそのおばあさんの悪口を言っていた。なぜなら、時々発作を起こして伯父の家に勝手に入って来て暴れるからである。

ちょうどお盆の頃だった。私たち一家は伯父の家に行き、一緒に墓参りをするのが習わしだった。毎年のように私たちが伯父の家でゆっくりしていると、隣でバタバタと大きな物音がし、「出て行った」という隣人の叫び声が聞こえた。直後に、鍵のかかっていなかった伯父の家の玄関から見知らぬおばあさんが一人で入って来た。

伯父や伯母が悪口を言っていた例のおばあさんである。私はそのおばあさんの後ろ姿しか見ていない。白髪でやせぎすのおばあさんは般若の面のような怖い顔をしているのだろう、と私は思った。すぐさま隣人がおばあさんを連れ戻しに来た。

そのおばあさんは、精神病院への入退院を繰り返していたらしい。七十二歳で亡くなったそうで、晩年には伯父一家に挨拶をするようになっていた。だが、その狂おしい目つきは最後まで変わらなかったらしい。

思えばかわいそうなおばあさんである。自分の自慢の息子は若くして戦死したのに、隣には若い男（当時独身だった伯父と父）が二人もいる。それが妬ましかったのだろう。伯母は後にそう言っていた。

（二）岸壁の母

一九七〇年代前半、私が高校生になった頃の事だったと記憶している。ある日の昼間、何気なくテレビを見ると、女流浪曲師で演歌歌手でもある二葉百合子氏が、着物を着て正装して「岸壁の母」を浪曲で演じていた。大陸に出征したまま帰ってこない息子を軍港だった舞鶴港の岸壁でただ一人待つ母の姿を、涙をぼろぼろ流し、汗がだらだら流れるのに構わず熱演していた。その姿に鬼気迫るものを感じた私は、ただテレビの前に呆然として座っていた。

それから数年後、二葉百合子氏はＮＨＫの紅白歌合戦に出演して「岸壁の母」を演歌で熱演していた。

「岸壁の母」は実話をもとにした作品である。私が二葉百合子氏の熱演をテレビで視聴した当時、出征した息子の帰還を待ちわびた多くの「岸壁の母」が生存していて、多くの人の共感を呼んだ。

もしかすると、親戚の隣家に住んでいた気の狂ったおばあさんも、「岸壁の母」の一人だったのだろうか。今となっては確かめるすべはない。

(三) 中国の旅

私にとって中国は子供の時から憧れの国だった。最初の出会いは幼稚園児だった時、西遊記の孫悟空だった。小学二年生の時、農民出身の劉邦という人が天下を取り、漢という国を創ったことを知った。同じ農民出身で天下を取った人でありながら、日本の豊臣秀吉よりスケールが大きいなと思った。小学四年生の時、学校の図書館で古代東アジアに関する本を見つけて読んだ。その時、秦の始皇帝が中国を初めて統一した事を知った。日本がまだ弥生時代だった頃の話である。私の中国に対する憧れは、秦の始皇帝と漢の劉邦との出会いで決定した。

一浪して予備校に通っていた時の事である。私は予備校の帰りに京阪枚方市駅の近くにあった近鉄百貨店の中の旭屋書店で本多勝一氏の『中国の旅』を立ち読みした。その中に南京大虐殺の写真があった。一九三七年十二月八日に日本軍が南京市を占領した時に起こった事案（南京事件）のことである。強姦した女性と一緒に写る兵士の写真（女性は例外なく泣いている）、腹を裂かれて内臓が飛び出た人の死体の写真等、通常では考えられないおぞましい写真が掲載されている。私は強いショックを受け暫く立ち尽くしていた。

高校三年生の時に読んだ『中国の紅い星』（エドガー＝スノー著、松岡洋子訳）では、登場人物の中国人の名前はアルファベットで漢字に併記されている。そのアルファベットは当地の読み方に近く、日本の音読とはかけ離れている。高校で習った漢文でも、韻は実際の中国語での発音（作者が書いた時代と現在でも発音は違い得る）で聴かないと理解が難しかった。中国語を学ばないと本当の中国を知ることはできない、と私は思った。

そこで、私は大学生の時に第三外国語として中国語を勉強した。私は薬学部の学生だったので英語とドイツ語が必修科目であり、第三外国語は単位として認定されなかった。中国語の授業を取っているのは同級の理系では私一人だった。

一回生の時に中国語を教わったのが講師として来られていたA耶先生である。A耶先生は中国の東亜同文書院に留学しておられたが、戦後京都大学文学部で中国語・中国文学を学び、大学卒業後二十年間高校の教師をしながらコツコツと中国語の勉強を続けられ、追手門大学の教授に転身された方である。教わったのはたった一年であったが、A耶先生との年賀状のやり取りは先生が亡くなるまで続いた。A耶先生からは、かつて田中角栄首相が訪中した時、日本の戦時中の行為を詫びる言葉が「添了麻煩」と通訳され、当時の周恩来首相の顔色が変わったエピソードと、言葉には十分注意しなければならないことを学んだ。

私は二回生の時、講師として来られていたK先生の授業を受講し、魯迅の『吶喊』を中国語（共通語の普通話）で読んだ。今と違って中国語の辞典としては『倉石武四郎辞典』くらいしかなく、あとは東方書店で購入した中国で出版されていた『新華字典』で漢字の読みと意味を調べるよりほかはない。最初は一ページを訳すのに六時間かかった。魯迅の『故郷』は高校生の時に竹内好氏の訳で読んだが、授業では原文で読んだ。最後の一節が印象に残っている。「地上本来没有路．走的人多、便成了路．（地上にはもともと道はない。歩く人が多ければ、それが道になるのだ）」

さらに講師として来られていたY先生の授業を受講した。テキストは中華人民共和国の初代首相である故・周恩来元首相の演説原稿「文字改革档案」である。中国語は全て漢字で表記される。歴史上わざわざ煩雑な文字が作られたこともあり、多くの人民の識字に弊害となっていた。中華民国時代に発音をわかりやすく表記する「注音字母」が使用されていたが、漢字表記は略字でない「繁体字」であった。台湾では今でも使用されている表記法である。周恩来首相は一年前に日本で当用漢字として簡略化された漢字も取り入れ（例：國→国）、漢字表記を簡単にした簡体字を制定し、発音表記にラテン文字（拼音文字）を用いるものである。現在の中国で使用されている表記法である。故・周恩来元首相は演説が大変得意だったそうだが、その演説原稿を日本語に訳すのにも苦労した。中国で使用されている漢字は日本で使用されている漢字と少しずつ異なる上に、中国語と日本語では発音も文法も全く異なるからである。

二回生の時、中国語のA耶先生のクラスで一緒だった文学部の友人（彼女は後に中国語・中国文学科に進級）に誘われて、当時NHKの中国語講座の講師であったM先生やC先生を招いて福井県芦原町（現・あわら市）で夏季に開催されていた中国語教室に参加した。そこで私は、敗戦後まもなく大陸から命からがら引き上げてきた人たちの話を直接聞いている。

当時は幼かったが筆舌に尽くせない苦労を経験したであろうその女性は「経験のない者にはわからない」と言った。別の女性からは、教員として赴任した短期大学のある長崎市内で、顔にケロイドの残る婦人がひっそりと生活しているのを知って衝撃を受けたという話を聞いた。また、南満州鉄道で働いていたというある男性は「あれは侵略戦争だった」と明言した。

中国語教室に誘ってくれた友人はまた、中国への団体旅行に誘ってくれた。当時の中国は華国鋒政権の時代で、文化大革命の混乱がやっと収まり、改革・解放の方針が示されて中国がようやく現代化に向けて発展を始めた時代である。当時は学生が中国へ旅行するためには事前に近代史を勉強して団体で訪中しなければならない決まりがあった。旅行に参加した人の中の大半は文学部や外国語大学の中国語学科の学生で、理系は私一人だった。

一九八〇年三月、私たちは同志社大学の〇先生を団長とし、大阪の伊丹空港から長崎県の大村空港に異動し、そこから四時間かけて当時英国領だった香港へ向かった。高層ビルが立ち並ぶ傍に香港の空港はあった。街にはブーゲンビリアの花が咲き、市内の至る所に人が立っていてチップを要求する。そのたくましさに私はついていけなかった。その後電車で中国本土に移動した。現在の深圳に該当する場所を通ったはずだが、点々と建つ農家の庭先で鶏が走り回っているのを見かけただけだった。華南の広州は香港と同様亜熱帯気候であった。

中国本土はモノトーンの街で、人民服をまとった市民が多かった。広州から飛行機で異動して華中の杭州と蘇州を訪れた。蘇州は水路の街であった。そこで観光をした後、私たちは陸路で南京市に向かった。南京長江大橋で揚子江（長江）を渡ったが、さすがに中国本土の主要な河川であり、日本の河川とは比べ物にならないほど川幅が広い。しかも茶色く濁っていた。

南京市は歴史の古い由緒ある都市で、古都の一つである。当時、南京市郊外の城壁は荒れていたが、紫色と黄色が混じったような美しい色をした瓦が散見され、昔は壮麗な城壁であっただろうことが想像された。南京市では、南京大学の外国語学部の日本語科の学生との交流があった。そこで出会った女子大生のWさんは、高校を卒業して工場で働いていたそうだが、大学が正常化されて再開されることになった時、猛勉強して重点大学である南京大学に入学した学生の一人であった。ぬるま湯の中で育ち、既にレジャーランド化した大学に在籍していた私たちは大いに刺激を受けた。

その後、私たちは上海に移動し、そこから日本に帰国した。十日ほどの旅であった。浦島太郎の気分になっていた私は、日本に帰国して新聞のニュースを見てびっくりした。日本では「南京大虐殺はなかった」という人たちがいて、しかも政治の主流を占めていた。それに対し、中国当局が激烈な言葉で日本を批判しているのであった。南京市を訪れた時、侵華日軍南京大屠殺遇難同胞紀念館（南京大虐殺記念館）はまだ「準備中」で開館していなかった。

この時に出会った南京大学外国語学部日本語科の女子学生だったWさんは、後に日本に留学した。Wさんは私に言った。

「南京大虐殺のあった時は、ひどかったよ。そこら中に死体が転がっていて」

日本人が外国人特に米国人に広島や長崎に原爆を落とされたことを正当化されると怒りを感じるように、中国人にとっては日本人に南京大虐殺を否定されると心の琴線に触れて怒りを感じるのだ。私はそう思った。

平和時には善良な市民であった人が兵士として戦場に赴くと、現地の人に対し平気で殺人、暴行、略奪を働くようになる。おそらく相手を人間ではなく物としてしか見ていないのだ。だからこそ、戦争は絶対にしてはいけない。先の戦争ではまだ生まれておらず、親戚の中に出征した人はあっても戦死した人がいない私は、強くそう思う。

（四）旧・陸軍医学校

一九八二年三月下旬に大学を卒業した翌日、私は生まれて初めて親元を離れ、東京都新宿区戸山の旧い木造アパートに荷物とともに引っ越した。就職することになった国立栄養研究所は新宿区戸山にあり、早稲田大学文学部の裏側の小高い丘に位置していた旧・陸軍医学校の建物に入っていた。東京都庁はまだ丸の内にあり、現在東京都庁の建っている新宿には浄水場があった。バブルによる地上げが始まる前で、まだ昔の雰囲気が残っていた。

国立栄養研究所は世界最古の国立栄養研究所で、所長以下研究職は七部三十五人の定員だった。それ以外に、日本大学農獣医学部、大妻女子大学や実践女子大学の家政学部等から職員の数より多い学生を研修生として受け入れていた。職員の出身は東北地方から九州地方と全国に跨っており、研究職の職員の出身学部も医学部、農学部、水産学部、園芸学部、栄養学部、家政学部、薬学部と多岐にわたっていた。つまり多様な職員が在籍していたが、職員同士の仲が良いとは言えなかった。研究職の場合、自ら希望して外部に転出しない限り、就職してから定年になるまで数十年間同じ職場で働くことが多い、と言われていた。

旧・陸軍医学校はクリーム色の天井の高い鉄筋の左右対称の建物で、中央部に階段があった。昭和四年に建てられ、空襲があっても焼け残ったようだ。国立栄養研究所の建物は戦時中に空襲で焼け、戦後に戸山の陸軍医学校の建物に引っ越してきたとのことだった。門から見て手前が事務棟、奥が研究棟と動物舎で、事務棟と研究棟の間になぜか舗装されたテニスコートが一面あった。また、大きな銀杏の木が何本も生えていて、秋になると近所の住民が銀杏を拾いに来ていた。建物の中に地下に下りていく階段があり、途中で通行できないように柵がしてあった。地下通路は天井が低く、天井から水が滲みだして、ぴったん、ぽっとんと音を出して水滴が落ち、まるで幽霊でも出そうな雰囲気だった。もともと事務棟と研究棟、そして道を隔てて隣接している国立医療センター（旧・陸軍病院）は地下通路でつながっていたらしい。

私は研究棟の一階の右側にある応用食品部に配属された。初めてその建物に入った時、私はあまりもの古さに唖然とした。床はコンクリートの打ちっぱなし、配管が天井を這い、夜になると床にゴキブリだけでなく鼠が出る。鼠は階段を伝わって移動していたから、ドブネズミではなくクマネズミだろうと考えられた。夏などアオマツムシが窓から部屋に飛び込んできて飛び回り、気の強い鳥であるオナガが部屋の中に迷い込んで大騒ぎになったこともある。建物のすぐそばには、雨が降ると大きなヒキガエルが何匹も現れた。敷地内の空き地にはツクシが生え、ムラサキケマンの花が咲き、野良猫が勝手に巣を作って繁殖していた。研究棟の玄関の前には蛇が這っていた。東京都二十三区内であったが自然が多かった。

二階には「七三一部隊の石井中将の部屋だった」とされる一室があり、健康増進部の部長が使用していた。また、国立栄養研究所の敷地の南側には廃墟同然になった区画があり、「陸軍医学校」と太い墨字で書かれた門衛のような多角形の建物の一部が転がっていた。一部はリハビリセンターとして使用されているようだった。森村誠一の『悪魔の飽食』を読んだ学生時代の友人に「これ（本の中の建物の写真）、あんたの職場じゃないの？」と訊かれて「違うよ」と答えた記憶がある。

私は十数年ぶりに採用された二十代の職員であったため、先輩職員らが珍しがっていろいろなことを話してくれた。一番多いのは、幽霊の類いの話であった。昔は男性職員に宿直の制度があり、事務棟の扉の横の門衛が配置されていた部屋で寝ていると、軍服を着た兵隊の幽霊が出た、という。また、研究棟の扉から向かって左端の暗室で学会発表用の青スライドを製作する作業をしていた少し身体が不自由な女性職員が、白衣に火がついて大やけどをし、その日のうちに劇症肝炎になって亡くなった、という。私も母が多発性骨髄腫を発病して手術後予後が悪かった時、夜一人で作業をしていると、廊下の端の扉の向こうに誰もいないはずなのに白衣を着た顔の長い人物の影が映っていてぎょっとしたことがある。

極めつけは、世話になった先輩女性職員の話である。ご本人がさらに大先輩から聞いた話らしいが、戦後、国立栄養研究所が陸軍医学校の建物に移ってきた時、建物の中に人体の標本らしいものがホルマリン漬けになって多数放置されていたという。ある標本は肩から手にかけてのもので、皮膚、筋肉が次々にはぎとられて先端が骨になっていた、という。ところが一夜のうちに人体標本らしいものは全て、何者かがどこかへ運び出したらしく消えたそうである。おそらく陸軍医学校で捕虜の人体解剖が行われていて、その標本だったかもしれないよ。先輩はそう言った。

陸軍士官学校に在籍中に終戦を迎えた父に陸軍医学校の話をすると、こんな答えが返ってきた。

「ああ、あの戸山医学校のことなら人体実験をやりかねない。もっと訳のわからなかったのは中野学校。そこでは特務（スパイ）を養成していた」

私は一九八六年五月末で国立栄養研究所を去ることになった。一九八九年に、国立栄養研究所を含む元陸軍医学校のあった土地に国立感染症研究所が建設されることになり（国立予防衛生研究所の組織改革に伴う移転）、工事現場から多数の人骨が発見されたニュースがあった。その人骨は鑑定の結果、江戸時代以前の旧いものではなく死後数十年の近現代（明治以降）のものらしいことが分かった。人骨は、身元と由来は不明のまま新宿区役所に引き取られたという。

先輩の言っていた人体標本の話は本当の事だったのかもしれない、と私は思った。工事現場から見つかった人骨の中に、先輩が教えてくれた旧・陸軍医学校の建物に放置されていた人体標本が含まれていたかもしれないし、今となっては「藪の中」である。

（五）戦争の話

私は一九五九年三月生まれで、日本経済の高度成長とともに育ったので、戦争は経験したことがない。両親も祖父母も積極的に戦争の話をしなかったから、私は戦争については本で読んだ知識しかなかった。

そんな父が戦争の頃の話をポツリとしたことがあった。母が多発性骨髄腫で手術後に病状が急激に悪化していった一九八三年の秋のことである。父に呼ばれて東京から奈良県平群町に引っ越していた実家に帰省した時に、父は戦争の話を三つしてくれた。

第一話。父が旧制中学校の生徒だったある晩、人の悲鳴で目が覚めた。こっそり外をうかがっていると、一人の朝鮮人を複数の警官が棒で叩きのめしている。何も悪いことをしていない朝鮮人は悲鳴を上げ、その声で父は目を覚ましたのだった。世の中狂っている。父はそう思ったが、恐怖でその夜はよく眠れなかったらしい。

第二話。空襲警報が鳴り、父は近くにあった防空壕に飛び込んだ。別の防空壕に飛び込んだ隣の一家七人は全滅した。隣の一家が飛び込んだ防空壕に爆弾が落ち、空襲の後にその防空壕から黒焦げの死体が七つ運び出されていったそうである。

第三話。一九四五年（昭和二十年）八月。広島に原爆が落とされた後、広島から船で海を渡って松山に逃げてきた人たちがいた。そのうちの一人は眼窩から眼球が飛び出してぶら下がっていた。それを見た父は、人間の目玉はこんなに大きかったのか、と思ったそうである。

さらに父は言った。

「南京大虐殺は本当にあったと思うよ」

と。日本が戦争に負けてどう思ったかと重ねて聞くと、父は言った。

「そりゃあ、悔しかったよ。でも、これからは新しい日本に生まれ変わるんだ、と思った」

父と同じ昭和二年（一九二六年）八月生まれの義父は、義母が大腸癌で最後の入院をした時にこんな話をしてくれた。義母は大腸癌の末期だった。長男は大学生、次男は高校生になっていた。

「昭和二十年八月十四日。わしは学徒動員で行かされていた赤穂の軍需工場から浜寺にあった家に帰る時、大阪から省線（当時、大阪環状線は環状に閉じていなかった）に乗るか地下鉄に乗るか迷ったけれども、地下鉄に乗って正解だった。心斎橋で地上に出ると、入り口に建物が瓦礫となって倒れかかっていた。もしあの時、省線に乗っていたら、今頃お前ら（夫と長男、次男）はおらん」

戦争が終わった時の話を聞くと、義父は言った。

「ああ、これで電気をつけて寝ることができる、と思った」

と。

父や義父のような昭和一桁生まれは、終戦後にGHQによる教育制度の改革の洗礼を受けた。価値観が一八〇度変わったのである。多感な十代に、大人の言うことが終戦を境にガラッと変わった経験をした世代だから、お上に対する不信感は強かったと思われる。父はその典型だった。父は生涯昭和天皇のことを「天ちゃん」としか言わなかった。

（六）昭和の終焉

一九八九年（昭和六十四年）一月七日の朝、生後七か月を迎えた長男は体調がすぐれずぐずっていた。何とか保育園に預けて阪急総持寺駅に向かった。その時、報道関係者と思われる男性が、駅前の掲示板に速報を貼り出した。速報には大きな黒い字で「天皇崩御」と書かれ、黒枠が施されていた。雲が低く立ち込めた曇天で、鬱陶しく暗い日だった。「崩御」なんていつの時代の言葉なんだ。私は疑問に思いながら、その日は職場で普通に仕事をした。家に帰ると、先に長男を保育園に迎えに行って帰宅していた夫は、黙ってクラシック音楽を聴いている。テレビは天皇が亡くなったニュースばかりである。しかも過度の自粛モードで、コマーシャルすら放送されない。

亡くなった天皇は、かつては現人神《あらひとがみ》として奉られていたお方である。かつて神様として崇め奉られていた人が亡くなるということは、こういうことなのか、と私は思った。

昭和はあまりにも長かった。かつて天皇の名のもとに戦争が行われ、国の内外で多くの人が命を落とした。戦争のために命を落とした人の中には、昭和天皇に対して強い怨嗟の気持ちを抱く人がいてもおかしくない、と私は思う。昭和時代に生まれ、昭和が終焉するまでに亡くなった人は少なくなかったであろう。母もその一人であった。

裕仁天皇の逝去に伴い、昭和の激動の時代は幕を閉じた。

第四節　異様な光景

(一) バブル

バブルとは泡沫、すぐに消えてなくなる泡である。かつて日本には、多くの人たちがバブルという見せかけの好景気に浮かれた時代があった。一九八六年十二月から一九九一年二月にかけて束の間ともいえる好景気があった。最初は地上げから始まり、瞬く間に地価や不動産等の資産価値が上がり、その恩恵を受けた人たちは浮かれていたようだった。私は、トルストイの童話の『イワンのばか』に出てくる悪魔が貨幣をいっぱい作り、金持ちになったと錯覚した人たちが浮かれていた話を思い出した。

一九九一年三月にバブルがはじけると世の中は不景気になり、十年以上にわたり就職氷河期が訪れた。この時期に大学等を卒業した人の就職事情は非常に厳しく、非正規雇用のまま四十代を迎えた人も少なくない。実力以上に「よいところ」に就職できてバブルの恩恵を受けたバブル世代は今や五十代に差し掛かり、早期退職という名のリストラに直面している。

生まれた時代によって就職のチャンスや生涯で獲得できる所得に大きな格差があるのは、あまりにも不公平で理不尽である、と私は思う。

(二) 日航機墜落事故

平常時、飛行機が墜落する事故が起こる確率は非常に低いと言われている。だが一旦墜落事故が起こってしまうと乗客乗員が全員亡くなるような悲惨な事故となる。機体が激突した現場は黒く焼け焦げ、機体はばらばらになって飛散し、遺体の損傷は激しく、墜落した現場は大変なことになっている、と私は子供の頃から両親に聞かされていた。

私が子供の頃に記憶に残っているのは、一九六六年十一月十三日に松山空港沖合で発生した全日空墜落事故である。松山空港は瀬戸内海に面したところにあり、滑走路を外れて海に墜落し、乗客乗員が全員亡くなっている。この飛行機には新婚さん即ち結婚したばかりの男女が多く搭乗しており、婚姻届を出していなかったために、せっかく縁あって一緒になったのに一緒の墓に入ることができなかったという悲話が残っている。当時は結婚式を挙げてすぐに新婚旅行に出かけ、帰ってから婚姻届を出す人が多かったようである。

一九八五年八月十二日に単独機としては航空史上最悪の犠牲者数となった事故と言われる

日航機墜落事故が発生した。乗客乗員五百二十四名を乗せたジャンボ機が群馬県多野郡上野村山中に墜落した。当該機は墜落事故が発生する七年前にいわゆる「胴体着陸をする」事故を起こしており、その時に後部圧力隔壁が損傷したためにボーイング社が修理していた。しかしこの時の修理が不適切であり、さらに隔壁の疲労亀裂が点検整備の段階でも見逃されていたことが事故の原因と推定される、と事故調査報告書の中で述べられている。

私の周囲にはこの事故に遭った、或いはご家族や知り合いがこの事故に遭ったという人がいなかったため、以下の内容については、当時の報道で見聞した事柄である。

この飛行機に乗っていた乗客の多くが、機内に酸素マスクが垂れ下がった極限状態の中で愛する家族あての遺書を手帳等に綴っていた、と言われている。有名無名の人を含め乗客乗員五百四十名が亡くなった中で、奇跡的に生存者が四名いた。この日は非番だった日本航空のスチュワーデス（現在のキャリアアテンダント）だった関西在住のOさん、中国地方在住の中学生だったKさん、関東地方在住だった女性とその小学生の娘であるYさん親子、すべて女性だった。生存して救助された人たちも肉体的、精神的なダメージは大きかったと思われる。Oさんは職業柄報道陣の取材に健気に答えていたが、数年もしないうちに静かに退職していたそうである。Yさん親子は「そっとしておいてほしい」とマスコミに申し出た。Kさんは受験生だった兄を実家に残して関東地方に旅行に来ていたが、両親と妹をこの事故で亡くした。ただ一人無事だったKさんの兄の受けた精神的ショックは、想像するに余りある。

Kさん兄妹は親戚の家に引き取られたそうだが、Kさんは長じて亡くなった母親と同じ職業である保健婦（現在は保健師）になったそうである。

航空機を操縦していたT機長の遺族は、状況が状況だけに随分つらい思いをされたことと推察する。T機長の遺体の一部は亡くなった人の中で最後に見つかった、と小さく報道されていた。T機長の娘さんはその後両親が在籍していた航空会社に就業した、という後日談がある。

この事故が起こって二〇二〇年で三十五年を迎えた。毎年墜落現場に近い御巣鷹山に慰霊に訪れる遺族も高齢化した。

（三）米国同時多発テロ

二〇〇一年九月十一日午後十時の事であった。私は自宅で子供と一緒にNHKのニュースを見ていた。その日のニュースは、最初から異様な画面だった。大きな高層ビルに飛行機が突き刺さっている。もう一棟の大きな高層ビルに飛行機が飛んできて突き刺さった。映画の場面ではなく、実際に起こった事件である。一体何が起こったのだろうかと思ったが、これが米国同時多発テロの発生の放映であった。最初に飛行機が衝突したのは米国の世界貿易センタービル（WTC）の北棟ビル、次に飛行機が衝突したのは世界貿易センタービル（WTC）の南棟ビルであった。

私は家にあったPCを立ち上げ、CNNニュース（米国版）のホームページにアクセスした。アクセスが集中していたからかもしれないが、ホームページに掲載されていたのは、大きな高層ビル（WTC）に飛行機が衝突する動画と記者の“Oh, No!”と言う、悲鳴にも似た叫び声だけだった。

ほどなくして、WTCの南棟ビル次いで北棟ビルが崩壊した。この同時多発テロによる犠牲者は合計三千六十二名（二月二十五日米当局発表）に上り、うち邦人死者・行方不明者は二十四名、うち遺体が確認されたのは九名（三月四日現在）であった。アフガニスタンを拠点とするテロ組織アルカイダとその指導者ウサマ・ビンラディンがこのテロに関与していた。ちょうどこの時、職場の同僚が学会発表をするため米国に滞在していたが、奇跡的に無事に期日までに帰国した。

世界貿易センタービル（WTC）は米国の繁栄の象徴でもあった。米国の反撃は早かった。米軍を中心とした多国籍軍がアフガニスタンのイスラム原理主義組織タリバン政権に対して武力行使を行った。タリバン政権が崩壊した後、カルザイ氏が暫定政権を経てアフガニスタン・イスラム共和国初代大統領に就任した。だが、アフガニスタンは政情が不安定な状態が続いている。その後、中東や南アジア等でイスラム過激派が台頭し、各国でテロ事件を引き起こしている。

タリバンは、二〇〇一年にバーミヤン渓谷にあった石窟寺院の巨大な大仏像を爆破した。イスラム教徒は偶像崇拝を認めないが、イスラム教はもともと異教徒に対して寛容な宗教ではなかったか。一四九三年にオスマントルコが東ローマ帝国を滅ぼした時も、帝都コンスタンティノープル（イスタンブール）にあったギリシャ正教の大聖堂であった聖ソフィア寺院をモスクに改造して使用していた。中世に栄華を極めたイスラム教を国教とするイスラム帝国が広大な領土を支配し得たのは、国内の異民族や異教徒に対して寛容な政策を取ったからではないか。イスラム原理派の狭量さについて、私は悲しく思った。

（四）洗脳

二〇一八年七月、オウム真理教の一連の事件で、教団の元代表 麻原彰晃、本名・松本智津夫死刑囚ら十三人の死刑が二回に分けて執行された。教団に対する強制捜査から二十三年が経っていた。オウム真理教は、一九八九年の坂本弁護士一家殺害事件や一九九四年の松本サリン事件、一九九五年の地下鉄サリン事件など数々の事件を引き起こし、合わせて二〇九人が死亡、およそ六五〇〇人が被害に遭った。

オウム真理教の顧問弁護士だったＡ、死刑囚の中で警察に坂本弁護士一家殺人事件の情報を知らせたＯ、長男と同い年だった坂本弁護士の長男に手をかけた医師Ｎを始め、オウム真理教の幹部には人がうらやむような学歴の持ち主が多かった。Ａは私が卒業した大学の法学部出身で、在学中に司法試験に合格した時は史上最年少と言われて話題になったが、事件が起こった時テレビに映ったＡは死んだ魚のようなうつろな目をしていたのが印象的だった。死刑が執行された頃には、死刑囚の多くが洗脳から目覚めていたようだが、その代償は大きかった。

一九九五年三月二十日にオウム真理教の一部の信者により決行された地下鉄サリン事件では、後遺症に苦しんだ被害者が少なくなかった。作家の村上春樹は多くの被害者から聞き取りをして『アンダーグラウンド』という分厚い本にまとめた。私はその一部を読んだが、到底読み通せるような内容ではなかった。あまりにも凄まじい被害であったからだ。

オウム真理教の信徒になった高学歴者について、私は一つの疑問を持っている。しつこく勧誘されたのだろうが、深入りする前に「おかしいな」「何かが違う」という直感が働かなかったのだろうか。勧誘されても洗脳されず結果的に関わらずに済んだ人物も少なくないだろうと思ったからである。学歴が高くとも危険を察知する直感が働かなかったとすれば、その人は本当に賢いと言えるのだろうか。もし洗脳されることがなければそれなりに社会で活躍したであろう人材だけに、残念である。

第五節　疾病《しっぺい》

（一）野犬狩り

一九六六年（昭和四十一年）、私は兵庫県西宮市内に住む小学二年生だった。

小学校に通う時、よく出会う野良犬がいた。耳が折れていて、芝生を焼いたような色をしている、体長一メートルほどの雑種の中型犬である。中型犬と言っても、小学二年生にとっては大型の犬で、怖いという感情しか浮かばない。当時の私は、小学四年生を班長に、女の子数人で集団登校をしていた。野良犬を見ると、班長の女の子をはじめ、私以外の女の子が悲鳴を上げるので、犬がまとわりついて動けない。しびれを切らした私が一歩前に出て、野良犬を追い払おうとして手を出すと、その手をがぶりと噛まれた。

小学校で犬に噛まれた話をしたかどうかは記憶にないが、家に帰って犬に噛まれた話を母にすると、母は慌てて私を近所の開業医のところに連れて行った。狂犬病になる、というのである。開業医の先生は、私の手を消毒して薬を塗ってくれた。

「日本では昭和三十二年（一九五七年）から狂犬病は発生していません。大丈夫ですよ」

その話を聞いて、母はほっとしたようだった。狂犬病は今でも日本以外の国では発生していて、罹患すると死亡率は一〇〇％という恐ろしい病気である。日本には「狂犬病予防法」（昭和二十五年制定）という法律があり、生後九十一日以上の飼い犬に、狂犬病予防注射を受けさせて注射済票の交付を受け、その犬に着けておくことが義務付けられている。

当時の同級生が狂犬病について面白い話をしてくれた。狂犬病になった人は、水を怖がるのだという。そして、死ぬ前に一瞬本当に犬になるのだ、とも言った。といっても、同級生も私も実際に狂犬病に罹った人を見ていないのだから、どこまで本当の話なのかは分からない。或いは、私が単に「かつがれていた」だけなのかもしれなかった。

そのうち、小学校の通学路に野良犬がうろついていて危険だから、ということで、白い服を着た男の人が野良犬を捕まえることになった。白い服を着た男の人は、小学生に犬はどこにいるか尋ねた。小学生が次々に自分が出会った野良犬のことを話した後、白い服を着た男の人は野良犬を捕まえ、檻に入れた。野良犬を入れた檻は小学校に集められ、屠殺されることになった。その日の私は、風邪を引いて熱を出したか、食べ過ぎておなかがピーピーどんどんになった（胃腸炎を起こした）かのどちらかで、学校を休んでいた。目撃した同級生が私に教えてくれた。

「白い服を着た人が、檻の中にいる犬に注射するんだよ。そうしたら犬は死んだ。中には子犬もいて、かわいそうだった。あんた、学校にいなくてよかったよ」

屠殺は、小学生が興味津々で集まっている前で行われたのである。今では「動物の愛護及び管理に関する法律」（昭和四十八年制定）という法律があるから、こんなことは先ず行われない。白い服とは白衣のことで、白い服を着て野良犬を捕まえた男の人は、もしかすると保健所に勤務する獣医さんだったかもしれない、と今になって思う。

（二）神の子

栄養状態も衛生状態も悪かった昔、乳幼児の死亡率は高かった。産褥により命を落とす産婦も今と違って少なくはなかった。子供が大人になるまで無事に育つ確率は今より低かったから、数えで七つになるまでの子は「神の子」と言われた。確かに、親戚の家の仏壇にあった過去帳（江戸時代初期以降と思われる）には、「○○童子」「○○童女」の記載が多い。

一九八八年六月に生まれた長男も身体が弱かった。当時は育休制度がなかったので、慣らし保育を入れると生後六週間から長男は保育園に通っていた。おなかの中にいる間に母親から受け継いだ免疫が切れる生後六か月になると、まさに病気のオン・パレードだった。毎回仕事を休むわけにはいかなかったので、義母にお願いして面倒を見てもらったことも少なくない。病院に子供を連れて行って病気をもらってきたり、集団で過ごす保育園で病気をもらってきたり、ということもあった。だが、何度も病気に罹ったり治ったりを繰り返すうち、身体に免疫もつき体力もついて、小学生になる頃には健康上では他の子と比べて遜色はなくなった。

それに比べると、一九九一年六月に生まれた次男は身体が丈夫だった。その代わり太っていた。夜九時になるとぐずりだし、夜十時には大きなあくびを一つして雷様のような鼾をかいてグーグー寝るのだった。太っているから寝返りをするのも歩き始めるのも長男に比べると遅かったが、大きくなるにつれて鼾をかくこともなくなっていった。

次男は少し大きくなると奇妙な行動をとるようになった。年長の頃からか、夜一旦寝ても夜中の一時から二時の間にむっくり起き上がり、毛布の端を持って布団の上で「おまわり」をしたり、布団の一点をじっと見つめていたり、はては洗面所の鏡の前でじっと自分の顔を見つめているのである。一連の儀式を済ませると布団に戻って元の通り寝て、朝まで目を覚ますことはなかった。この奇妙な行動も小学二年生になる頃にはなくなった。

次男が大きくなってから（中学生以降）この奇妙な行動のことを聞いてみると、「起きようかな」と思って起きるのだそうだ。だが、その後の事は覚えていない、とのことだった。「神の子」ならではの行動だったのか、と今になって思う。

(三) 麻疹《はしか》

一九八九年五月のことであった。生後十一か月の長男は病気のオン・パレードで、毎週のように熱を出したりおなかを壊したりしていたが、とうとう麻疹に罹ってしまった。北摂病院の小児科に長男を連れて行くと、

「麻疹です。おかあさん、覚悟しておいてくださいよ」

と主治医の小児科医に言われてしまった。その年は、厚生省の統計では八十人が麻疹のために死亡している。長男は赤い発疹を全身に出して一時期はぐったりしていたが、幸い入院することはなく、三週間後に治って元気になった。

元々麻疹は感染力が強く、昔は「大人が罹ると肺炎を起こして死んでしまうから、幼いうちに罹っておくほうがいい」とまで言われていた病気である。子供のうちに罹っても、ひどい場合は脳炎を起こして死亡したり、重篤な後遺症が残ることがあった。衛生状態の悪い国では、今でも麻疹は子供の病死の主な原因でもある。なお、麻疹は一度かかると終生免疫を得て、二度と罹らないと言われている。

私は四歳の時に麻疹に罹った。その時だけは母は私に優しかった。その後、妹が麻疹に罹った時の事である。伯父と伯母が私たち姉妹よりそれぞれ一歳だけ年上の従兄弟二人を連れ

て家にやって来た。布団の中でうんうんうなって寝ている妹を見て、伯父は自分の息子たちに命令した。

「布団の上に乗っかれ」

従兄弟は二人とも伯父に言われるままに妹の布団の上に抱きつくように乗っかった。しばらくして伯父の命令で妹の布団から離れた従兄弟たちは、その時はどうもなかった。しばらく経ってから、伯父から父に連絡があった。

「子供（二人の従兄弟）は二人とも麻疹に罹って治ったよ。この間はありがとう」

要するに、小学校に入る前に妹に麻疹をうつしてもらったから、大人になって麻疹に罹って大変なことになることはない、ということである。伯父たちは「麻疹や水疱瘡やおたふく風邪のような、大人になると症状がきつくなる病気は、子供のうちにうつしてもらってでも罹っておいたほうが良い」という昔ながらの教えを忠実に実行したのであった。

長男が二歳になる前の事だった。保育園では、歩き始めておむつが取れる前の一歳から二歳までのクラスに属していた。麻疹が流行って、先に麻疹に罹った長男を除き、クラスの子の全員が麻疹に罹ってしまった。中には子供から麻疹をもらって、四十度以上の熱を出して一か月仕事を休んだお母さんもいる。長男以外が麻疹のために登園停止となり、しばらく長男は登園をしたあと一人で過ごすことになった。仲間を作って遊ぶという発達段階に達していないはずだが、長男は登園を渋るようになった。そのうち、麻疹に罹った子供たちが復帰すると、普段通りになった。

保育園（幼稚園でもそうだろうが）で流行る病気としては、風邪、胃腸炎、手足口病、リンゴ病、インフルエンザ、おたふく風邪、水疱瘡、麻疹、風疹等がある。このうち感染力が強く症状がきつく出るのが麻疹、インフルエンザ、おたふく風邪、水疱瘡だが、中でも麻疹は流行りだしたら免疫がなければほぼ一〇〇％感染すると言われるほど感染力が強い。

二〇〇七年に麻疹が流行している。この年には小児だけでなく成人にも麻疹に罹った人が例年になく多かった。特に東日本で流行していた、と聞く。一歳前に麻疹に罹った長男は普段通り京都の大学に通っていたが、一浪後東京の大学に入学した長男の友人は、大学が麻疹流行のために全面休校となり暇を持て余していたそうである。

さらに、二〇〇九年に東京の大学に入学した次男は、入学時に「麻疹に罹ったことがあるか、或いは麻疹の予防接種を受けたか」について大学に報告する必要があった。この頃には、麻疹は子供のうちに罹っておくべきという社会通念はない。だが、今でも麻疹は症状がきつく感染力が極めて強い怖い病気であることは間違いないようである。

（四）コロナ禍（進行中）

二〇二〇年現在、新型コロナウイルス感染症（COVID-19）が世界的に流行し、人々の日常生活や経済に大きな打撃を与えている。原因であるコロナウイルス（SARS-CoV-2）は径百ナノメートルほどの大きさで、表面に複数の突起のある球形のRNAウイルスである。二〇二〇年四月の段階では病気の全容は未解明で特効薬もワクチンもなく、流行がいつ収まるのか、今後どうなるのか全く予想がつかない。私が住む大阪府で四月七日に緊急事態宣言が出て、日常生活に制約がかかるようになった。この閉塞感たるや尋常ではない。不安に駆られた人たちは薬屋の前に毎朝行列を作って並んでいた。以前には普通に売られていたマスクや消毒用アルコールが店頭から姿を消して手に入らなくなった。トイレットペーパーや食料品の買い占めをする人まで出てくるありさまである。五月終わりに緊急事態宣言が全面的に解除されたが、夏になって再び罹患者が増えている。罹っても無症状だったり軽症だったりする患者が若年層を中心に少なくなく、極めて感染力が強いようで性質の悪いウイルスのようである。

二〇〇九年に新型インフルエンザが世界的に流行したが、社会の混乱は今ほどではなかった。私はまだ生まれていないが、スペイン風邪が流行した一九一八年はどうだったのだろう。

そしてはるか昔、ペスト（黒死病）が流行してヨーロッパの人口の三分の一が亡くなった十四世紀当時の社会的混乱は凄まじかったと思われる。各地で魔女とされて火炙りの刑で殺されてしまった多くの人たちの中には、もしかすると薬草を民間療法として扱っている人たちが含まれていたのではないか、と私は考える。原因がわからず、なすすべもなく多くの人が倒れるのを目の当たりにした人々が不安を鎮めるために、普段から普通の人とは違ったことをする一群の人たちをスケープゴートにしたのではないだろうか。

二十一世紀の今でも同様の事が起こってはいないだろうか。いくら科学が発達しても、人間の考えることは大して進歩していないのではないだろうか。得体が知れないから不安になる。

治療法も対処法も確立しておらず人々の不安を煽るこの新種コロナウイルスの流行は、二〇二〇年九月現在では収束する兆しは全く見えず、既に第二波の流行が始まっている。コロナウイルス感染症のために学校はしばらく休校となり、大学はオンライン授業となった。飲食店を中心に経済は大打撃を受け、生活に困窮する人たちが確実に増えている。現在は冬にインフルエンザが流行りだした時期にどうなるのかが心配されている。いつかは収束して普通のありふれた疾病になるのかもしれないが、私の脳裏には、コロナウイルスらしき表面にイガイガのある球体が禍々しく跳梁跋扈している光景が浮かんでいる。

第六節　脳

（一）解剖学教室

私が通った大学は京都市左京区にある。薬学部は医学部よりさらに南にあった。私は薬学部の学生であったが、一、二年のいわゆる教養部では、旧三校（旧制第三高校）の敷地内で授業を受講した。当時はまだ学生運動の名残があって、授業中に赤ヘルが乱入して授業の妨害をすることもあった。また、化学・数学・物理学・英語・ドイツ語という必修科目として指定されている授業が多く、まじめに受講すれば一日がびっしり埋まってしまう。要領の良い友人たちは、必修授業を受講しながら上手に遊んでいた。要領の悪い私は、単位にもならない中国語を第三外国語と称して受講していた。当時は理系で中国語の授業を受講するのは学年に一人いるかいないかくらいで、相当な変わり種であった。

三回生になると、専門課程となり薬学部で午前は専門科目の講義、午後は実習と毎日が忙しくなる。薬学部の専門科目は二回生の時から少しずつ受講していたが、まだ本式ではなかった。薬学部は医学部の南西の方角にあり、大学全体では南の端に位置していた。高名な先生も多かったが、学生の間では「あの先生は一人でしゃべっている」「あの先生は学生の就職の世話をしてくれない」という評判の先生もいて、学生向けの講義より自分の研究の方が大事だと考える学者さんが少なくなかったように思う。

医学部が近いこともあり、一部の授業、微生物学、病理学、解剖生理学の授業は医学部或いは医療短期大学の先生が講義をしていた。微生物学のI藤先生は有名な学者だったが、いつもきき手と反対の左手でミミズののたくったような達筆で板書されるので、解読が難しかった。病理学はM川先生という有名な先生で、私は「M川、出てこい」という学生運動盛んなりし頃の学生側の落書きでこの先生の名前を知った。最初の頃は友人の言うところの「子分」が講義し、最後の方で「御大」登場である。当人は「学生にぶん殴られたことがある」とのたまっていたが、昔の人であったからか当の学生よりよほど体格が良かった。M川先生はある時、ご自身が大学病院で研修医をしていた若い頃、若い看護婦さんが失恋を苦にして自殺を図り、当時消毒液として使われていた昇汞《しょうこう》（塩化第二水銀）を飲んで一晩苦しんだ挙句亡くなったのを目の当たりにした話をしてくれた。その作用機序は小腸上皮細胞の壊死によるものである、ということだが、実際経験された話は鬼気迫るものだった。

解剖生理学の先生は医療短大の教授だった。いつもぼそぼそと自信なげに話されるのだが、医療短大にクラブの知り合いの多い私の友人は、「あの先生はいつも元気な女の子（看護婦の卵たち）に囲まれている」と褒めているのかけなしているのかわからないことを言っていた。ある時、この先生が、「医学部の解剖学教室で献体された方の解剖をしているから、実物の脳を見学させていただくことにする」とのたまった。一九八〇年のことである。

薬学部から医学部は距離的には近いが、大学入試の偏差値には大きな開きがある。一部の学生はクラブの知り合いを通じて医学部の授業を潜りで受講していたり、医学部のクラブに参加していたりしていた。だが、私は医学部の構内で「私は紙を食べません」と手書きの張り紙をした木につながれたヤギが口をもぐもぐさせているのを見かけたことがあるくらいだった。

当時の解剖学教室はレンガ造りの旧い建物で、戦前の建物をそのまま使用しているように見受けられた。地下にあり、入り口に近くなるとホルマリンの匂いが漂い、いかにもおばけが出そうな雰囲気だった。学生たちがおっかなびっくり先生の後について、解剖を行っている広い部屋に入った。

「黙祷」

いつもは自信なさげにぼそぼそしゃべる先生が、この時は太い声で学生たちに号令をかけた。医学部や医療短大の学生は、献体された方の身体に触れる時には必ず黙祷をするのが習わしだったようである。一分間の黙祷の後、私たちは人間の本物の脳を拝見することになった。

ホルマリン漬けの脳は茶色く膨れ上がっており、一部は切片化された組織となって置かれてあった。「本物の脳はピンク色をしている」と高校の若い保健体育の男性教諭が言っていたことを思い出した。実地授業が終わり、解剖学教室のある地下から地上の明るいところに出た私は、ほっとした気持ちになったことを覚えている。

解剖生理学では、脳の組織の名前、脳神経の名前と機能等を覚えなければならない。それは向精神薬等脳に作用する薬物の作用を知る上で必須のものである。だが、今ひとつピンとこなかった私は、解剖生理学の成績は「可」であった。そして今覚えていることは、あの解剖学教室の今にもおばけが出そうな陰鬱な雰囲気とホルマリンの匂いである。

（二）脳ドック

家の近くにある北摂病院には、子供が小さい頃によくお世話になった。私の長男は、鼠径ヘルニアの手術で二回、小児喘息で一回、いずれも小児病棟に入院している。次男もおたふく風邪や水疱瘡に罹った時や、イラガの幼虫に刺されては慌てて連れて行ったものである。その病院が移転して新しくなってしばらく経ってから、当時では最も解像度の高いとされていた磁気共鳴画像診断装置（ＭＲＩ）が設置されたことを知った。その高額な医療機器（時価は一億円より一桁多い）を用いて脳ドックを始める、と聞いて私は脳ドック受診を申し込んだ。

その一年ほど前、父が脳幹部梗塞による急性呼吸不全でこの世を去っていた。死因はこの通りだが、実際には脳がかなり弱っていて、まるで教科書に掲載されているように前頭葉と側頭葉がナイフで抉られたように委縮してしまっていた。そのため、実家で倒れてから連れて行った一般病院では妄想や暴言が激しく、病室で暴れて精神病院に転院し、そこで脳幹部梗塞を起こして五か月後に亡くなったのである。だから私もいずれはそうなるかもしれない、という思いがあった。

検査自体は三十分ほどで終わるが、その間呼吸以外は全く動かないようにしていなければならない。普段の生活では意外に身体のどこかを動かしているので、全く動かないというのは一種の苦行である。検査が終わって改めて予約した日に病院に行くと、脳外科の先生が画像を示しながら詳しい説明をしてくれた。

自分の脳の実物を自分で実際に見ることは、事実上不可能である。だから、私は目の前のモニターに映し出された自分の脳の画像を凝視していた。学生だった昔に解剖生理学の授業で教わった通り、大脳、小脳、海馬、橋、延髄等の画像が現れる。説明をしてくれた脳外科の先生もまだ若く、画像を食い入るように見つめている。私の脳は画像で見た晩年の父の脳と違って、梗塞の痕跡も委縮もなかった。私は自分の脳のうち、脳の前頭葉の奥の海馬に向かい合った部分の皺が最も多くて深いことに気がついた。授業では習わなかったが、おそらく脳の前頭葉と海馬の間で記憶のやり取りをしている部分であろうと思った。私は小さい頃から記憶力がいい、と周囲に言われていたが、どうやら嘘ではなかったようである。

診断結果は「異常なし」であったが、私には疑問が残った。人間の心はどこに宿るのだろう。「心」という漢字は心臓をかたどったものと言われる。音楽家のショパンはパリで亡くなった後、その心臓が遺言に従い母国ポーランドの聖十字架教会に安置されている。ショパンは、自分の心は心臓に宿ると考えていたのかもしれない。だが、脳ドックを受けた私は、人間の心は脳の前頭葉に宿るという思いを強くしたのであった。

第三章　不思議な夢

私は幼い頃から時々妙な夢を見てきた。見る夢はいつもオール天然色で、時には色鮮やかな夢を見ることがあった。私にはいわゆる霊感というものはないが、これまで生きてきた中で夢に救われた、と思うことが度々あった。

小学四年生の時、飼っていたペットのセキセイインコが猫に獲られてしまった。その猫の飼い主の男の子が謝ったので、父は泣いている私に「相手はちゃんと謝ったのだから、恨んではいけない」と言った。その日の晩、私はこんな夢を見た。

家の裏の畑に、死んだはずのセキセイインコがいる。「帰って来たんだね」と喜ぶ私を見て、セキセイインコは畑の畝を横切って飛んでいく。私はその後を追った。セキセイインコはやがてモンシロチョウになり、次に蚊に姿を変え、そしてぷつんと消えて行った。

その夢から覚めて、わたしはなぜかすっきりした気持ちがした。今から考えるとまるで輪廻転生を見ていたようであったが、ペットのセキセイインコが死んだことを受け入れることができたのだろう。

長じて、両親を亡くした時、私はよく夢を見た。両親の闘病中は色鮮やかな夢を見ることもあったし、まるで予告夢のような夢を見ることもあった。精神科のある先生の話では、ストレスが溜まっている時に色鮮やかな夢を見ることがあるという。だが、夢を見ることによって、私は両親の死を受容することができた。両親が亡くなって二十年以上経ち、年を取ったせいもあって若い時ほど夢を見ないが、時たま死んだ親が夢に現れると嬉しくなる。

第一節 「黒い川」の記憶

(一) 黒い川

幼い頃の私が良く見る夢の一つに「黒い川」があった。

【夢1】 黒い川

赤黒い色と黒い色の混ざった世界に私はいる。視界の下の方に黒い川がどく、どくと流れている。その音を聞いて、私はなぜか安心するのだった。

どく、どくという音は、長男を生んだ病院の新生児室で聞いた胎音と同じだった。看護婦さんがテープで流す胎音を聞くと、ぐずっていた新生児たちがすやすやと寝入ってしまうのが不思議だった。

「黒い川」の夢は母の胎内にいた時の記憶だったのかもしれない。この夢は大きくなると見なくなったが、母が倒れた年の初夢に出てきた。

【夢2】黒い川2

赤黒い色と黒い色の混ざった世界に私はいる。視界の下の方に黒い川がどく、どくと流れている。黒い川は地上の黒い小さな池につながっていた。その池は大学の構内にあり、蓮の花が咲いていた。大学の門のあたりに黒い詰襟の制服を着た学生が数人いた。


一九八三年の正月、私は就職して初めての正月で、実家に帰省していた。それまで交野市に住んでいたが、前年の十一月に奈良県の平群《へぐり》町に引っ越していたのだった。

妙な夢を見たな、と思ったその日の朝、母に言われて食器棚から茶碗を出して並べようとした時、茶碗が床に落ちて真二つに割れた。それを見て、母は「縁起が悪い」と怒った。

後から思えば、初夢の中で黒い小さな池に蓮の花が咲いていた光景は、弔電に描かれた蓮の絵にそっくりだった。また、母の実家では、家に死人が出ると出棺の前に故人が普段使用していた茶碗を真二つに割る習慣があった。

（二）死神タクシー

母が腰痛を訴えたのはその年の四月、桜の花の咲く季節だった。

その十年位前から、母は白目の血管が切れて目が真っ赤になる結膜下出血を繰り返すようになった。かかりつけの目医者さんに「内科で見てもらったほうがいい」と言われていたのを放っていた母は、その頃には結膜下出血を頻繁に起こすようになっていた。

腰痛の原因は、多発性骨髄腫による第四腰椎の圧迫骨折だった。頻繁に繰り返す結膜下出血は出血傾向が強くなっている表れであり、もしかすると母の体内で多発性骨髄腫の病変が進行していたのかもしれない、と今になって思う。

その頃、私はこんな夢を見た。

【夢3】死神タクシー

私は母と妹と三人でタクシーに乗り、七つの山を越えて三田へ花見に行った。私は助手席に乗り、母と妹は後ろに乗っていた。タクシーの運転手は青白い顔をして銀縁の眼鏡をつけ、薄ら笑いをした気持ちの悪い男だった。死神だ、と私は思った。そして平然としてタクシーに乗っている母は気が狂っている、と私は思った。

五月の連休に私は実家に帰省した。母の腰痛はだんだん悪化していた。両親と長谷寺へ牡丹を見に行ったが、そのあと室生寺に石楠花を見に行くだけの体力は母には残っていなかった。連休が終わり、私は東京に戻ることになった。母は這うように玄関まで出てきて見送ってくれた。この家で元気な母の姿を見ることは二度とないだろう。私は嫌な予感がした。

六月になった。私はある日、またタクシーの夢を見た。

【夢４】死神タクシー２

草木が一本も生えていない町。土がむき出しになった地面に赤黒い鉄骨が何本も突き刺さっている。こんな荒涼とした街の中を、私は青白い顔をして眼鏡をかけた、にやけた運転手のタクシーに連れ回されているのだった。

夢の中のタクシーの運転手は、**【夢３】**のタクシーの運転手と同じ人物だった。今から思うに、この運転手は死神ではなかっただろうか。

その日の晩、父から電話がかかってきた。腰痛治療のために通っていた鍼灸院で母が倒れ、救急車で生駒病院に運ばれたのである。母は入院先でいろいろ検査を受けた。腰痛は悪性腫瘍による圧迫骨折であることが判明したが、原発癌の場所がわからなかった。詳しい検査を受けるため、七月に大阪医科大学附属病院に転院した。

七月の終り頃、私は帰省して妹とともに整形外科病棟に入院している母を見舞った。これが、私が高槻市に降り立った最初だった。母はいろいろな検査を受けていた。八月の終わりに背骨を支える金具を入れるために手術を受けることになった。その頃、私はこのような夢を見た。

【夢5】白いスーツの母

私と妹は母とともに電車に乗っていた。東寺の五重塔のようなものが見えた。終着駅に着くと、母は駅から五重塔の方角に向かって足早に歩き始めた。私と妹はまだ甘えたいような気持ちで、急速に去っていく母の後方で身を寄せ合っていた。母は真新しい白いスーツを着ていたが、背筋はしゃきっと伸び、スーツの上着の背中の見ごろの縫い合わせのラインが印象的だった。

母の手術は予定より遅れて九月初めとなった。執刀したのは父の旧制中学時代の同級生の教授で、整形外科の分野では非常に有名な先生だった。手術は七時間に及び、背骨の周辺にできていた三つの腫瘍を除こうとしたが、途中で大量の出血のため落命しそうになり、腫瘍は二つしか除けなかった。背中を開いて初めて多発性骨髄腫であることが分かった。輸血量は六千ｃｃだった。多発性骨髄腫では血清にＭ蛋白、尿中にベンスジョーンズ蛋白という特殊な蛋白が出るのだが、母の場合は特殊な蛋白の出ない非分泌型の多発性骨髄腫だった。当時、多発性骨髄腫は約十年を経て死の転帰をとる不治の病とされていた。

手術が終わってから、九月の中旬になる前に私は母を見舞いに行った。既に予後の悪い高カルシウム血症がみられた。母は背中の傷を見せてくれた。二十一針縫ったというその背中は、**【夢5】**の白いスーツの背中の縫い合わせのラインによく似ていた。

母はにこにこして私に言った。

「自分の選んだ道を全うするのが最大の親孝行や」

「経験したことから何かを学んでいかなければいけない」と。

その後、母の病状は急速に悪化していった。従って、この二つの言葉は、私が母から聞いた最後の言葉、つまり遺言となった。

（三）臨終

十一月になった。私は二日に帰省するつもりだったが、仕事の都合でどうしても二日に帰省できなくなった。ところがその日の晩に父から電話がかかってきた。意識不明の重態になってＩＣＵに入ったというのだ。

十一月三日に私は意を決して帰省した。直接病院に行き、ＩＣＵで母と面会した。短大卒業後、本町のＯＬ一年生だった妹が、父とともに母に付き添っていた。急速に病状が悪化した母は薬物療法を受けることができず、高カルシウム血症のため脳血栓ができ、さらに腎不全になり週三回透析を受ける身になっていた。丸顔だった母の顔はむくみのため蟹のように四角になり、顔面の皮膚は引きちぎれそうになっていた。手術着を着た私が面会した時、母は一時的に意識を取り戻したようだったが、私は母にかける言葉がなかった。耐えられない疼痛のため、母はモルヒネを投与されていたが、今後は薬で意識レベルを下げられることになった。どう見ても末期症状だった。

母は数日後に、整形外科病棟の重症患者が入る個室に移された。心臓の波形を見るオシロスコープ、人工呼吸器、栄養分や薬剤を投与する点滴の管、尿道に差し込んだ管、母の身体につながれた管は全部で七本ある。血尿が出ていた。病室に泊まり込んだ晩、私は母の夢を見た。

【夢6】母の笑顔

病室の薄いグレーの壁に母の笑顔が浮かんだ。現実とは違って全くむくみのない丸顔で、オレンジ色の口紅をつけていた。穢れのない、この世で最も美しい笑顔だった。

私には、母がこの世での別れを言いに来たのだ、と思えてならなかった。翌朝、血液内科の主治医が私たちに告げた。

「もう駄目です。回復の見込みはありません」

私は主治医の宣告を冷静に受け止めることができたが、父は取り乱していた。母の死が受け入れられないようだった。母は心臓が強かったらしく、脈拍数が一分当たり一二〇という状態で数か月生きていた。

【夢7】母帰る

母が平群の家に帰ってきた。多発性骨髄腫が治ったのである。

五月に帰省した時に感じた「この家で元気な母の姿を見ることは二度とないだろう」とい

う嫌な予感は、現実のものになろうとしていた。私は、最初の職場である国立栄養研究所に研究員として就職して二年目である。母の病気を理由に東京と大阪を往復して、有給休暇を使い果たそうとしていた。また、実験のために飼っているラット（白ネズミ）の世話を他人に任せていた。仕事が気になり、十一月二十三日に東京に戻った。

翌日の二十四日、私の職場に父から電話がかかってきた。取り乱した様子で、母が危篤だと言うのである。私の上司の上司に当たるI川部長がとても親切な苦労人で、夜行列車の手配をしてくれた。その日、私は初めて急行銀河に乗った。二十五日の朝、私は病室を訪れた。母はひどくむくんだ状態でまだ生きていた。その時には血圧が低下していたらしいが、もはや心臓が止まるまで生かしめられているのである。どうしても手を付けなければならない仕事があり、私は東京へとんぼ返りした。

【夢8】蓮華草

私は妹と二人で森の中を歩いていた。森の中に第三の道が現れた。先に立って歩く妹は第三の道を歩き始めた。私は妹の後ろを歩いているのだが、道の途中で一輪、蓮華草の花が咲いていた。その花に見とれている私に、妹が振り返って「どこへいってるのよ」と言った。

この夢を見た十一月二十六日の朝八時十分、父から電話がかかってきた。母が八時三分に死んだというのである。満五十一歳の誕生日を迎える十日前だった。後日妹に聞いた話では、オシロスコープの心臓の波形が平坦になり、スタッフが駆けつけて父や妹は病室の外に出されて蘇生処置がなされた。心臓が永遠にその鼓動を止めたことが確認された後、主治医に「ご臨終です」と告げられた、とのことだった。私は職場のすぐ近くの古いアパートに住んでいたので、職場に行って忌引の手続きを済ませて実家に戻った。午後二時に実家に着くと、母の遺体は実家に戻っていた。死亡診断書に記された母の直接の死因は腎不全、その原因は多発性骨髄腫と記入されていた。

翌二十七日は友引で火葬場が休みのため、通夜と葬儀は一日延ばしとなった。引っ越して一年もしないうちに帰らぬ人となった母のため、葬儀は自宅で営むことになった。十一月二十八日の葬儀の日は快晴だった。青い空と見事に紅葉した山とのコントラストが美しかった。火葬後、母には背骨が全く残っていなかった。背骨が骨融解のためすべて溶けてしまっていたのだろう。肋骨は赤茶色に変色していた。火葬場の人が、「薬剤のせいだ」と教えてくれた。

（四）守護神

初七日の法事を終えて職場に戻ると、当初予定していた通り、ラットの解剖をすることになった。ラットの世話は、直属の上司以下、研修生として来ていた女子大の先生と学生さんがしてくれていた。ラットの胆汁を採る時、私は失敗して黄色い胆汁に血が混じってしまった。その色合いが末期の母の血尿にそっくりだった。いつもならがみがみ怒る上司は、ぼんやりしていた私に何も言わなかった。その気遣いが私には嬉しかった。

仕事を終えてアパートに戻ると、心が空っぽのようになった。たまたまNHKのFMで聴いたフォーレのレクイエムが心に染み入るように入り込んできた。それから約一か月間、私は仏教書を読みながら、ラジカセでフォーレのレクイエムを聴いた。

そんなある日、I川部長が私に言った。この部長は、学生時代に尊父を癌で亡くし、苦労した人である。

「時々亡くなったお母さんのことを思い出すだろう。お母さんのことを思い出す限り、お母さんは心の中で生き続けていくんだよ」

年を越してはいけないというので、四十九日の法事は二十五日に短縮し、十二月十八日に、信貴山の近くの高安山のてっぺんに近いところに新たに購入した小さな墓に母の遺骨を納骨した。この日は奇しくも、その二年前に私が国立栄養研究所に就職が内定した日だった。

【夢9】母が去っていく

スーツを着た母がやってきた。私に大きなカステラ菓子を差し出して「食べないか」と言う。

私が断ると、母は足早に歩き始めた。私が必死に追いかけても追いつかないスピードで遠ざかっていった。

母の百か日の法要を終えた日に、私はこの夢を見た。母はとうとう、目に見えない手の届かない世界に行ってしまったのだ。百か日の法要の翌日の三月三日、私は二十五歳になった。国連の定義によれば、二十四歳までは青年、二十五歳からは成年である。もっと大人にならなければ、と私は思った。

母の死後、父の落ち込みはひどかった。妹は糸の切れた凧のように遊び始めた。私は母の死後一年半にわたって毎日のように母の夢を見た。夢は必ず醒めるが、母の夢を見た日には私は安心して普段の生活を送ることができたのだった。

【夢10】あの世

私は母と向かい合って畳の上で寝ころびながら話をしていた。
「あの世での生活はどう?」
私は訊ねた。その途端、雷鳴が轟き全身が硬直して動かなくなり、目が覚めた。

朝の五時だった。金縛りが解けていく間、黒い長いものがものすごいスピードで部屋の中を駆け抜けていくのが見えた。死者にあの世での生活のことを聞いてはいけないのだ。私はそう思った。その日を境に、私は毎日のように母の夢を見ることはなくなった。

毎日母の夢を見なくなってからも、母は時々私の夢に出てきてくれた。父が病気になって精神的に参りそうな時も、三番目の職場で人間関係の凄まじい軋轢に潰されそうになった時も、母は私の夢に出てきてくれた。いつしか、母は私の守護神のような存在となっていたのである。

第二節　不思議な足音

（一）前兆

一九九九年は世紀末。二〇〇〇年問題が巷では話題になっていた。

主君のアンリ四世の死を予言したというフランスの占星術師であるノストラダムスが「空

から恐怖の大王が降ってくる」と言ったとかで一時話題になった（五島勉『ノストラダムスの大予言』）年である。今から思えば、一種の世紀末思想であったのかもしれない。私はこの年、現実でも夢の中でも何度か多重虹を見た。そして、私の身には変事が降りかかってきた。

この年の正月に、私は妙な初夢を見た。

【夢11】祖母と恩師

私は高校生。門構えのある大きな家の離れで、父方の祖母と寝起きしていた。祖母はいつも地味な色合いの着物を着ていた。そこへ小学校の恩師であるN沢先生が訪ねてきた。祖母とN沢先生とは初顔合わせであったが、すぐに打ち解け、旧知の間柄のように親しくなった。

父方の祖母は、私が幼稚園の年長の時に胆嚢癌で亡くなった。N沢先生は私が三年生だった時の担任であったが、小学四年生になる時に退職された。だから、父方の祖母と小学校の恩師が実際に出会うわけがないのである。父方の祖母の夢など、それまで一度も見たことがなかったので、何か起こるのかな、と私は思った。

一月四日、私は息子たちと河川敷でボール遊びをしていた。にわか雨が降り、きれいな二重虹が空にかかった。その頃はまだ平和だった。

【夢12】車窓

私は電車に乗っていた。電車の中から、大きな立派な建物が見える。私の後ろで、父と父方の伯母が「あれが新しい美術館や」と話している声が聞こえる。ふと振り返ると、そこにいたのは父と伯母ではなく、とっくにあの世の住人となっている父方の伯父と母である。私は母に「自分はもうとっくに死んでいるのと違うの?」と言った。途端に場面は暗転し、私は目が覚めた。

この夢を見たのは、三月の彼岸であった。死者は生きている人のもとに年四回、つまり、正月、春の彼岸、盆、秋の彼岸に帰ってくるという。それまでも母の夢を彼岸に見ることはよくあったが、死んだ伯父もそろって出てきて、気になる夢ではあった。

(二) 父が倒れた

三月二十九日の朝七時半に一本の電話がかかってきた。父が一人暮らしをしていた平群の家の西隣の家の女性からで、「お父さんが倒れて入院したから、すぐ来てください」という内容だった。父は当時七十一歳。正月に会うことはできなかったが、年末に電話で話した時は元気そうだった。だから、「まさか」という思いはあった。年度末で仕事の忙しい時期であったが、私は一日有休をとり、父の家に行った。

近所の人の話では、その日の朝四時頃、父は風呂場で倒れていたらしい。道を隔てて北側のM氏が、飼い犬の鳴き声で目が覚めた。あまりに飼い犬が吠えるので叱ったが、それでも犬が鳴き止まない。すると、父の家から「助けて」というかすかな声が聞こえ、父の家に駆け付けた。玄関のベルを押しても応答はなく、助けを求める声が聞こえるだけ。家じゅう鍵が閉まっていて、M氏は仕方なく息子さんと一緒に窓のガラスを割り、中に入って風呂場で倒れている父を発見し、すぐに警察と救急車を呼び、父を生駒病院に入院させた、という。警察への対応もM氏がしてくれた、とのことだった。M氏は学校の先生だとのことだったが、ただの学校の先生ではないな、と私は思った。

私が父の家に駆け付けた時、父は搬送先の病院から自宅に戻っていた。そして、トイレの中で再び倒れていた。今から思えば、脳梗塞を起こして風呂場で倒れ、動けるようになって帰宅し、自宅で二度目の脳梗塞を起こして倒れていたのかもしれない。だが、その時にはそこまで知恵が及ばなかった。父の身体が異様に熱く、動作もぎこちなくなっていたので、タクシーを呼び、搬送された生駒病院に向かった。

普段意識から遠ざけていた「来るべきもの」が来た、と思った。そして、「父は元気な姿でこの家に戻ることはないだろう」という嫌な予感がした。

当時私が住んでいた大阪府茨木市から奈良県生駒市にある病院まで、片道二時間はかかる。

夫は単身赴任中で、私は小学五年生と二年生の二人の息子を抱え、大阪市内にある国立医薬品食品衛生研究所大阪支所に勤務していた。妹は結婚して滋賀県の彦根市に住んでおり、妹二人の子供はまだ小さかった。父の面倒を見ることができる者は私しかいない。とはいえ、終日父に付き添っているわけにはいかないので、入院後の身の回りの世話はヘルパーの資格を持っている家政婦さんにお任せすることにした。

入院した父の代わりに、私は時々父の家の様子を見に行き、簡単な掃除をした。冷蔵庫の中には半年前に買った葡萄があり、腐っていた。勝手口には同じようなものが転がっている。父は何度も同じものを買いに行っているようだった。入院前に買ったと思われる大根からは茎が伸び、葉が出て、花が咲こうとしていた。私に電話をくれた西隣の家の奥さんに入院前の父の様子を聞いてみた。

「もともと殆どお付き合いはなかったけど、時々庭に出て一人で何か怒鳴っていたこともありました。だいぶ前からおかしかった、というか」

奥さんは言いにくそうに言った。

入院を契機に、父の「困った症状」つまり暴言や妄想、譫妄がだんだん進んでいくようだった。まるで堰を切ったかのように、父は日に日に狂っていった。

病室で父と話していても、何とか話の辻褄を合わせようとして作話をする。夕方五時になると「家に帰る」と言い出す。そのうち「家に帰った」と言い出した。〈あんたは生霊か〉直接言うと怒り狂って手が付けられなくなるため、心の中で突っ込んでみる。ある時は「わしの家は七つある」と言い出した。〈あんたは七つの海を治める竜王か〉。

病室を替わると途端に不穏になった。特に夜になると活発になる。〈あんたはラットか〉。ラットは夜行性で、十二時間ごとに明暗のサイクルを設定した飼育室が暗くなると、途端にそわそわして活発になる。ここまでくると、老年性痴呆（二〇〇四年頃から「痴呆」は「認知症」と言い換えられるようになったが、ここでは以下当時の呼称である「痴呆」を敢えて使用する）の症状を疑うようになった。妹にはなかなか父の症状を信じてもらえなかった。しかし、妹は実際に父に会って話しているうちに「話の軸がだんだんずれていく」と言い出した。

父が「姉（伯母）に会いたい」と言ってきかないので、私は父の兄嫁で私のはとこでもあるA伯母に連絡して、父方の伯母を連れてきてもらったこともある。伯母は一年前に心筋梗塞を起こし、それが原因でラクナ梗塞になり、父と同じく痴呆の症状が出始めていた。二人で訳の分からない会話をしていたが、父は自分なりに納得したのか、それからは「姉に会いたい」とは言わなくなった。

ある時は、私は父に、最後に会った（実は一年以上前だった）旧友を呼べ、と顔を見るたびに言われたこともあった。私が電話で連絡して、当の旧友が不審そうな顔をして病院に来てくださった時には、父は高熱を出していて意識が混濁していた。それでも、父の意識の中では旧友に会えたらしく、それ以降旧友を呼べ、とは言わなくなった。

病院のスタッフだけでなく、家政婦さんもプライドの高い父を持て余していた。家政婦さんに何とか頼み込んで最低限の世話をしてもらい、私はできるだけ毎夕病院に顔を出すようにしていた。病院のある生駒市は、当時の私の職場(大阪市内)をはさんで、私の家とちょうど逆の方向にある。病院や家政婦さんからしょっちゅう電話がかかってきて仕事にならない。子供には我慢を強いることになるが、私が顔を出すと父は穏やかになるので、仕方がない。

【夢13】羅針盤

私は大陸から引き揚げてきた一人だった。引き上げる前、私は大陸でかなり上のレベルの高官だった。それまで豊かな生活をしていたので、ロングドレスの上に毛皮のコートを羽織っていた。連絡船には今どきの格好をした乗客のほかに、戦争直後に大陸から引き揚げてきたような粗末な服装をしたセピア色の人々もいた。私は羽織袴を着て山高帽を被った男性と一緒だったが、その男性は新幹線に乗って東京に戻ることになった。

男性を送った後、私は一人の女子大生に会った。その女の子は船内にあった「宮内省」と書かれた古い木のプレートを珍しそうに見ていた。

「昔は宮内省という役所があったの」

と私は彼女に教えた。

「人間にとって一番大切なものは、地位やお金ではなく、こ・こ・ろ（心）」

私は自分に言い聞かせるように言った。

二人で歩いているうちに、天王寺の踏切に出た。踏切の前で私は彼女と別れた。彼女は南大阪にある家に帰っていった。私は北大阪にある家に帰ることにした。踏切を渡ってしばらく行くと、目の前に鮮やかな黄緑色の田んぼが広がり、その中を一本の鉄道が続いている。踏切の近くには軽トラックが止まっていたが、あたりには誰もいない。線路わきには年代物の古い信号があり、その横に羅針盤があった。羅針盤の針は、ほぼ真北を指していた。

この夢を見たのは五月の連休だった。何だか今後の進路を暗示しているようだった。父が入院していたため、連休を楽しむ余裕はなかった。

五月の中旬になり、私はうなされるような悪夢を見た。

【夢14】変化《へんげ》

私は仰向けになって寝ころんでいた。おなかの上に二歳の次男が乗ってきて腹ばいになった。私は次男に声をかけてあやそうとした途端、次男は急に重くなった。次男の顔が土色になり、口が耳まで裂けて鬼のような恐ろしい形相になった。

ここで私は目を覚ました。隣で寝ていた長男から自分が寝ている布団が離れていく。私は金縛りに遭ったのだった。この夢を見た頃から、父は私に対して攻撃的な態度をとるようになった。父は私に「お前の二人の息子（父にとっては孫）を殺す」と言い出したので、私は息子を見舞いのために連れて行くのをあきらめた。

私は脳梗塞や老年性痴呆に関する本を読み漁った。父は攻撃的な態度をとる一方で、原因不明の高熱や下痢や貧血の症状があった。おとなしくしていればよいのに興奮して暴言を吐くから、よけいに身体の症状が悪くなる。どうにかして興奮する症状を抑えられないものか、と逡巡するうちに、とうとう父は妄想の中で「主治医と柔道の試合をして」（父の言）、病室で暴れた。

主治医のH先生は若くて親切な男性医師で、暴言や暴力の症状のある父を受け入れてくれる精神病院を探し当てた。奈良県下の精神病院としては最大の病床数を持つ、ハートランドしぎさんである。病院の方針として、「問題行動」があり身体症状を伴う老人も受け入れているようだった。徘徊や物忘れくらいのおとなしい症状ならば、グループホームや施設でも受け入れてもらえたかもしれないが、暴力をふるう老人を受け入れてくれる施設や病院はなかなかないのである。その少し前（一九九九年）に精神保健法が改正され、医療保護入院をする場合には精神保健指定医一名以上の診断と保護者の同意が必要となっていた。なお、二

○一四年四月に精神保健法が改正され、現在では保護者制度はなくなった。生駒病院に入院している間に父とまともな会話ができたのはたった二回しかなかった。ある時父は、
「自分はこのまま死ぬのだろうか」

と言った。

「人間はなかなか死なん」

と私が答えると、それ以上のことは言わなかった。また別の時には、

「近くにいてくれてよかった。東京にいたらどうにもならなかった」

と言った（十六年前に母が死んだ時、私は東京にいた）。

父は入院前には時々花を買ってきて母の仏壇に供えていたようだった。ところが、入院してからは母の話をしたことは一度もなかった。

　父は五月二十一日に、生駒病院からハートランドしぎさんに転院することになった。その前夜、私は義母に家に来てもらい、病室に泊まった。子供が生まれてから初めての外泊だった。

　朝方父は、

「ここはどこ？　しんどい」

とか細い声で言った。ところが、救急車に病院関係者と一緒に乗り（H先生もついてきて

くれた)、転院先の精神科の先生と面談をした途端、父はいつものように興奮して暴言を吐いた。精神科の先生はちょうど三名いて、看護部長も含めて対応を話し合っていたようだったが、父を閉鎖病棟に受け入れてくれることになった。心配してついてきてくれたH先生はほっとしたようだった。私はお礼を言った。

「この症状では一般病院は無理です」

精神科医の一名がそっと私に言った。どのような治療がされるのかその時はわからなかったが、これで無用な興奮を鎮めてもらえるだろうと思った。「どうか穏やかな父になってほしい」というのが私の心からの願いであった。

父の転院の後、私は生駒病院に戻り、病院のスタッフと家政婦さんにお礼を言い、料金の支払い等後始末をした。職場には寄らずに帰宅し、久しぶりに安威川の河川敷を約五キロメートル走った。気候も良く、気持ち的にも晴れ晴れとしていた。

妹は、最初は父の転院を受け入れられないようだった。私は妹を説得した。

「お父さんは、いつかはおとなしくなると思う。でも、本当におとなしくなるのは、一生のうちでもっとも最後の方になった時かもしれない。覚悟を決めて」

「わかった」

と妹は言った。

（三）閉鎖病棟

ハートランドしぎさんは、信貴山のすぐ近くにある丘の上に新しく建てられた病院だった。その外観は、【夢12】の車窓から見えた大きな立派な建物を想起させた。

入院に際し、私はケースワーカーと面談した。ケースワーカーは看護婦さん（現在は看護師）だった。父の住居があるのは奈良県である。従って、ケースワーカーは医療保護入院に関して詳しい説明をしてくれた後に「奈良家庭裁判所で保護者の選任を受けてきてください」と言った。

私は、これまで一度もお世話になったことのない、家庭裁判所に行くことになった。保護者の選任を受けるためには、いろいろな書類を揃える必要があった。父の転院の翌朝、私は大阪市中央区役所で私の戸籍謄本を入手した後、同じ区内にある職場で後輩たちと担当者同士の会議をした。その後、父の戸籍謄本をもらいに京都市山科区役所に行き、その足で奈良家庭裁判所に向かった。

奈良家庭裁判所は近鉄奈良駅から歩いていける距離にある。私が家庭裁判所への道を聞いた途端、相手をしてくれたタバコ屋のおじいさんは意地悪そうな顔つきになり、道を教えてくれた。家庭裁判所の構内に入ると女性の罵声が聞こえる。離婚の調停をした直後なのか、廊下で四十八歳くらい（と私は勝手に思った）の女性が相手方のことをきわめて汚い言葉で罵っている。私にはその女性が夜叉に見えた。とんでもないところに来たな、と私は思った。

私は、保護者の選任を受けるのに審判があるかもしれない、と覚悟して家庭裁判所に来たのだった。ところが、担当の女性が書類を受け取ってから三十分後に、あっさりと父の保護入院に関しての保護者に私がなること（保護者の選任）が受理された。かつて私の保護者だった父の保護者に、私がなる。不思議な気持ちだった。保護者の選任を受けて病院に行き、ケースワーカーと面談した時、既に夕方だった。一日で大阪、京都、奈良を回ったことになる。本当に疲れる「遠足」だった。

今度の主治医のS井先生は、精神科の男性医師である。じっくりと家族の話を聞いてくれる人だった。一般病院と精神病院では看護の仕方が違うことに私は気づいた。父が転院した日はS井先生の休診日だったため、数日後に私は主治医と初めて面談をした。

かつては神童と言われた人が年取って痴呆だなんて、私には受け入れがたいものがあったが、事実は事実。仕方がない。しばらく父とは距離を置こう、と思い、転院後父とは会っていなかった。私は父の経歴と前の病院での様子を簡単に話した。S井先生は言った。

「お父さんは一人暮らしをしていて、自分の体力の限界を超えたから倒れたのだと思います。興奮したり暴言をはいたり、と思ってもみなかった症状が見られるのは、脳が狂った信号を出すからですよ」

痴呆を判断するテストがある。自分の名前と今日の日付を言う、短い文からある語句（「は」等）がいくつあるか数える、100から7ずつ引いていく引き算をする、等である。このようなテストを父が受けたかどうかをS井先生に聞いてみると、

「今そんなことをしたらお父さんは怒り出すからできません。もっとおとなしくなってもらった後でないと」

と言われた。相変わらずだな、と私は思った。

「今、無理にお父さんに会わなくてもいい」

とS井先生に言われたので、しばらく様子を見ようと思った。

【夢15】白いスーツの父

私は夫や二人の息子とともにモノレールに乗っている。家族旅行をしているのである。私たちは窓から外の景色を見て楽しんでいた。

場面が変わって、私はあるホテルの地階のバーにいた。父と一緒だった。父は白いスーツを着ていた。父はそこの寿司バーのマスターと親しいようだった。父は私に言った。

「マスターに刺身の残りでも貰って食べておきなさい」

マスターは握り寿司のネタを数枚くれた。そろそろ出発の時間である。私は白い陶器の花瓶を

渡された。上の階には子供たちが泊まっている。呼んでこなくちゃ。

「私が呼んでくるから待ってなさい」

父はそう言って階段を駆け上がった。私も父を追って階段を駆け上がったが、追いつくことができなかった。

再び場面が変わって、私たちはモノレールに乗っている。父はおらず、私たち家族四人である。モノレールは分岐点に来て、右の方へ行く。終点の博物館には五時半に着く予定である。あと駅が三つ、というところで、私は空に黒い雲が立ち込めて今にも雨が降りそうになっているのに気づいた。西の方の空なのか、下の方がかすかに赤く色づいている。これでも明日晴れるのだろうか。

「大丈夫かなあ。雨が降りそうだよ。傘持って来てないよ」

私と子供は言った。

「大丈夫だろ。五時半までにはきっと間に合うよ」

夫は言った。

この夢を見たのは五月の末日だった。夢の中の父は、実際の父よりかっこよくてとてもしっかりしていた。

六月四日、私は主治医のS井先生と面談をしていた。S井先生は父の脳のCTスキャンの画像を見せてくれた。脳の数箇所が黒く映っている。梗塞を起こした跡だ、と教えてもらった。また、前頭葉と側頭葉の一部がナイフで抉られたように委縮している。医学の教科書で見たピック病の患者の脳の画像とまるで同じだった。

前頭葉は人間ならではの複雑な思考や感情の制御を行う中枢であり、側頭葉はその人の持つ記憶と関連がある。父が三月二十九日に倒れてから、日に日に狂っていった原因の一つが分かったような気がした。ここまで前頭葉が委縮したのは、やはり母の死が原因の一つだったのだろうか、と私は思った。S井先生は言った。

「脳が相当弱っていますね」

脳が弱るのに呼応して、身体も弱るという。

「原因不明の高熱は中枢性の可能性もあります。お父さんに会ってみますか」

S井先生に勧められて私は病室にいた父と面会した。

父は穏やかになっていた。他愛ない会話をして私は父と別れた。これが父と言葉を交わした最後となった。

六月七日の午後、病院から私の職場に電話がかかってきた。父が朝食を食べに出てこなかったため病室に行ってみると、ベッドの中で意識不明の状態になっていたので応急処置をした、というのだ。電話がかかってきた時は既に三時頃になっており、私は実験のためどうしても手が離せなかった。翌朝、私は病院に駆け付けた。

父はナースステーションのすぐ横の重症患者が入る部屋に移されていた。自発呼吸はしているが、顔が腫れていて目は閉じていた。父はきれいな二重瞼だったが、腫れのため一重になっていた。S井先生はその日は休診日だったが、出勤しておられた。そして、私に新たに撮った父の脳のCTスキャンの映像を見せてくれた。前回に見せてもらったのとあまり変わらないように思えたが、S井先生は私に言った。

「CTスキャンでは延髄は撮れません。残念ながら当院にはMRIがないので延髄の画像が撮れませんでしたが、おそらく脳幹部梗塞を起こしたと考えられます。この一週間が山場です」

私は【夢15】の話をした。

「父は白いスーツを着て、私が追いかけても追いつかないようなスピードで去っていきました。母の時もそうでした。母が白いスーツを着て私が追いかけても追いつかないようなスピードで歩き去っていった夢を見た数日後、母は手術で重態に陥りました。頭ではわかっていても、感情がついていかない」

S井先生は黙って私の話を聞いてくれた。ハートランドしぎさんには内科も併設されていた。父が脳幹部梗塞のため物言わぬ人になってからは、内科のN野先生という女医さんにもお世話になることとなった。

私は職場の上司と庶務課の担当の女性に事情を話し、当時認められるようになった介護休暇を取ることにした。最大三か月間であったが、その間半日ずつ介護休暇を取ることにした。病院は完全介護だったし、父が意識を回復する可能性はないと考えられたが、少しでも私は父のそばにいたかった。それまで自分の仕事と子供の世話に忙しく、一人暮らしをしている父のことはほったらかしだった。しかし、もしものことがあれば病院に入院させ、時々看病に行って父から昔話を聞き出して記録しようと思っていたのに、全く違った結果となった。

【夢16】出立

私は長男の手を引き、母は幼い次男の手を引き、待合室で電車を待っていた。これから金沢行きの特急雷鳥に乗るのだ。待合室には、天使のような白い衣装を身に着けた子供たちがいっぱいいる。おそらく電車が到着したのだ。私と長男は階段を駆け上ってホームに出た。特急雷鳥が止まっている。隣のホームには特急はまかぜが止まっている。

「早く、早く」私は切符を持ったまま、後ろの母と次男をせかした。二人はゆっくりと階段を上ってきた。まだ電車の出発には間に合いそうである。

六月下旬になると、父の容態が少しずつ落ち着いてきた。最初は目を閉じたままだったが、目を開くようになったばかりの頃は周期約一秒の眼振を起こしていた。少なくとも自発呼吸をしていたので、「植物状態」と言われていた。それでも、薄く意識があるのではないかと思える時もあったが、もし意識が戻ったとしても二歳児以下の知能で、会話をすることは不可能だろうと思った。

ちょうどこの年、NHKでは「日本　映像の20世紀」が毎週放映されていた。父が生きた時代とほぼ重なる。私は、物言わぬ存在となった父が生きた時代を知ろうと、毎週この番組を見た。千住明作曲の音楽が全編を通じて流れていて、私はこの音楽に惹かれた。

閉鎖病棟に入る時には、ナースステーションでスタッフに声をかけ、氏名と患者名と患者との続柄、入室と退室のおおよその時刻を書くことになっていた。よく来る家族もいれば、滅多に来ない家族もいたようだ。

閉鎖病棟にはいろいろな患者さんがいた。「重度の知恵遅れ」と思われる中年の男性がいて、お気に入りの看護士さんに抱っこしてもらったり、「おもらし」をしてしまったりした。いつもベレー帽をかぶり、勝手に部屋に入ってきて律儀に葡萄の粒を父の枕元に置いていくおじいさんもいた。そのおじいさんは、背の高い看護婦さんに、

「そんなことしちゃダメ」

と言われて、引きずられるように部屋から出されていた。廊下で扉という扉を開けようとする患者さんもいた。

「ここはどこですか」

とスタッフに訊かれて、

「岡山の西大寺」

と答えている人もいた（病院の所在地は奈良県三郷町）。

家族の手に余る脳の病変のために、家で面倒を見切れなくなって閉鎖病棟に医療保護入院したであろう人たちではあるが、おそらく元は愛すべき人たちだったのだろう。

ある時、父のベッドの隣に元気そうなおじいさんがやって来た。本人は「七十一歳」と言った。父と同じ年齢である。元は役場の「えらいさん」だったのか、妄想の中で選挙管理委員会を始めたり、あてがわれた紙おむつを勝手にはがして若い看護婦さんともめたり、観察している分には面白い人だった。しかし、原因不明の貧血が続いて輸血する羽目になった父の横で、妄想の中で葬式の段取りを始めたのには参った。その人は後日、別の病棟に移っていった。

【夢17】黒いスーツの父

私は子供の頃住んでいた西宮の長屋のような社宅にいた。今日はゴミの日である。父が一万円札を何枚か紙に包んでゴミ捨て場の柵に挟んだ。

「こうしておけば、案外盗られないから」

私はお札がごみと一緒に捨てられるのではないかと心配した。ゴミ屋さんのトラックが来た。外へ出てみると案の定お札がない。私は家に戻り、父に詫びた。

「ごめんね。自分の給料から弁償するよ」

父は笑いながら新札十数枚を見せてくれた。父はこっそり取り戻していたのである。父は黒いスーツに白いワイシャツを着て、どこかへ出かけようとしていた。父はどこへ行こうとしているのだろう。私は疑問に思った。

この夢を見たのは七月九日だった。私は胸騒ぎがして病院に行った。父はヘモグロビンが五・五g／dLまで低下し、輸血が必要だという。輸血量は六〇〇ccであったが、輸血する間私は父のそばにいた。隣のベッドの元気なおじいさんが、妄想の中で葬式の段取りをしていた。

翌二十日、私は母の墓のある高安山霊園に出かけた。この霊園は、信貴山朝護孫子寺同様聖徳太子の建立した四天王寺が経営している。場所は信貴山に近く、大阪府と奈良県のほぼ県境にある。父がこんな状態になってしまったからには、いずれ墓の継承を考えなければならないためである。私も妹も結婚して改姓しているから、墓地によっては墓が継承できないと聞いていた。幸いその霊園は、故人との血のつながりを示す証拠書類として戸籍謄本と住民票の写しを提出する必要はあったが、墓の継承が可能であることがわかった。

七月の第四土曜日即ち二十四日に、私は長男と次男を連れて茨木市の西河原市民プールに出かけていた。帰ろうと思った夕方、夕立があった。雨がやんで帰る途中、小学校の北東の方向の空に三重虹がかかっていた。本虹の外側に反転虹、本虹の内側にもう一つ虹がきれいに見えていた。完全な三重虹を私は生まれて初めて見た。この世のものとは思えない美しさだった。

八月十五日はお盆の日である。私は長男と次男を連れ、父のもとに行った。父は目を開いていたが、「これでも意識がないの？」と言う長男の声には反応しなかった。患者の孫のような子供の親族が閉鎖病棟の中に見舞いに来ることは稀だったらしく、帰りしなに看護婦さんに笑顔で「また来てね」と言われたものだった。

この頃、当時小学五年生で中学受験のための塾通いを始めていた長男に訊かれたことがある。

「人間は死んだらどこに行くの？」

同じ問いを、私は小学四年生だった頃、飼っていたセキセイインコが猫に襲われて死んだ時に父にしたことがある。父は「人間は死んだら全く何もなくなる」と答えた。生粋の無神論者であったようだ。私は長男にこう答えた。

「人間は死んだら、生前の行いによって天国に行ったり地獄に行ったりする、と言う人もいる。だけど、死んだ人がこの世に戻ってきたためしはない。だから本当のことはわからない、と言うのが正解だと思う」

「ふーん」と長男は言い、それ以降このような問いを口にすることはなかった。

九月になると父の容態は落ち着いたようだが、些か干からびてきたように見えた。その頃になると、父の様子を見に行って家に戻ると、まるで精気を吸われたかのようにひどく疲れるのだった。だが、父の容態が落ち着いていたらまあいいか、と思っていた。

九月二十一日、私は父の夢を見た。

【夢18】父と母

父はグレーの背広を着てやって来た。父は黙って畳の上にうつ伏せになり、二回ほど吐いた。口から吐いたのは水みたいなものである。私は慌てて子供に母を呼んでくるように言った。白いスーツを着た母がやって来て、父を見るなり「すぐに入院させなあかん」と言った。

私は嫌な予感がして病院に行った。父は酸素マスクをして病床にいた。前日の晩、急に四十一度の高熱を出して血圧が低下し、酸素吸入をした、という。父は何らかの理由で死にかけたのである。

（四）この世とあの世を結ぶ橋

九月末日、私は色鮮やかな不思議な夢を見た。夢の中で老賢人に出会ったのである。

【夢19】老賢人

湖に、此岸と湖の中ほどにある島を結ぶ、銀色に輝く大きな橋が架かっている。橋の中ほどに石の机と椅子があり、私はそこに座って岸辺の民家群と吊り橋の欄干を見ていた。机の上には石橋の絵がある。湖面には絵にかいたような色彩の葦らしい水草が生えている。

空から大きな雁《かり》が数羽舞い降りてきて、私の目の前を横切り、湖面へ降りていく。身体はベージュ色、風切羽はグレー、首から上は光沢のある黒緑色、大きな瞳は黒色の美しく大きな雁だった。群れの中の二羽の若鳥が私の近くに舞い降りた。若鳥は親鳥らと違って人懐こそうだった。どこかで見たような黒い大きな優しげな瞳で私をしばらく見た後、湖面へ降り立った。

やがて、橋の向こうから一人の老人がやって来た。眼鏡をかけ、銀髪の小柄なその老賢人は、とある有名大学の学長だった高名な学者であり、優しそうな眼をした老博士であった。

「課題、できた？」

石机の向かいに座った老賢人は私に尋ねた。空想に耽っていた私は、老賢人に出されていた

「石橋の絵に自由に描き込んで絵を仕上げる」という課題を仕上げていなかった。私は絵の中の石の柵と柵とを結ぶ石の柵を描き込んだ。

「これは?」

老賢人が尋ねる。

「あの世とこの世を結ぶ橋です」

私の答えに、老賢人は優しく頷いた。

いつしか私は白い壁の父の家で、老賢人と向かい合って座っている。

「これは?」

老賢人は部屋の隅にあるプラスチックケージを指さした。

「昔、この中でいろいろな虫を飼っていたんです」

私は乾ききった土に霧吹きで霧をかけてやった。

「もしかして、まだ小さな虫の子が生きているかもしれない」

しかし、水をかけた土は熱くなり、ケージの蓋から湯気が漏れている。まるで生石灰に水をかけたように。

「土が死んでいますね」

老賢人は言った。

私は熱くなったプラスチックケージを勝手口から外に出した。家の裏は牧場になっていた。

青々とした草原の後方には、なだらかな山が続いていた。

この夢を見て、私は父の死を覚悟した。私を優しげな瞳で見つめていた二羽の雁の若鳥は、もしかすると私の両親ではなかったか。王寺駅から病院に来る時に渡る大和川の河原に渡り鳥がやってくる頃、夢で見たのと同じようなベージュ色の大きな雁がいたら、父は目に見えない手の届かない世界に行ってしまうかもしれない、と私は思った。もし父の臨終に間に合ったら、父のためにフォーレのレクイエムを歌おう、と私は心に決めた。

十月になった。介護休暇の期限は過ぎたが、私は有休を利用して時々父の様子を見に行った。父の入っている重症患者用の四人部屋では、既に五人の患者さんが最期を迎えていた。翌二〇〇〇年の四月より成年後見制度が創設されることになっていた。私はすぐさまその制度を利用して父の後見人になり、父の面倒を看るつもりだった。

【夢20】三重虹

私は二人の息子とともに、京都市北区の街を歩いていた。黄昏時だったが、ようやく雨が上がり、北の空も雲が切れてきた。真北の方角からまっすぐに天空を跨ぐように一本の虹が伸びている。西の空に虹が二つ、まるで大きな虹の子供のように並んでいる。

「あ、三重虹や」私と子供は同時に叫んだ。

十一月になった。私は大和川の河原で、カナダガンのような大きなベージュ色の雁を一羽見た。普段は普通のカモしかいないのだが、大きな雁の姿を見たのは、それが最初で最後だった。

十一月三日、私は病院にいた。いつもは焦点の定まらない父の眼がじっと私を見つめている。ちょうど【夢19】の中で私を優しげに見つめていた、大きくて美しい二羽の雁の若鳥と同じ黒い瞳だった。人は臨終の前に、一時的に容態を持ち直すことがあるとも聞く。父に一時的に意識が戻り、私にこの世での別れを告げようとしていたのかも知れなかった。

【夢21】林の中へ

林の前で、オレンジ色と緑色のセーターを着た二歳くらいの幼い男の子が歩いている。気が付くと、私はその男の子の頭上にいる。私は飛び降り、男の子に謝った。

「ごめんね。重かったやろ」男の子は黙って微かに頷き、一人で林の中へと歩いて行った。

この夢を見た十一月四日の午後二時、職場にいた私のもとに病院から電話がかかってきた。父の呼吸状態が悪化した、というのだ。病院に行くと、父は酸素マスクをして苦しそうに息をしていた。呼吸不全だった。N野先生が私に告げた。

「容態がこれまでと変わりました。二十四時間以内に、容態が急変する可能性があります」

私は、父の容態が変わったらすぐに知らせてくれるようにお願いし、帰宅した。普通病院ならば、家族が付き添って一夜を明かすこともある。しかし、夜になると途端に元気になって「夜間営業」をする老人が多い病棟にあっては、完全看護であり、家族の付き添いは認められていなかった。もし病院から電話がかかってきたら、どのルートで病院に行くのが一番近道か、と考えあぐねたその晩は、夢を見なかった。

翌十一月五日、私は職場で、返送されてきた投稿論文の改訂をしていた。昼休みにふと、病院に行こうかな、と思った。だが、もう少しキリの良いところまで仕事を片付けてから病院に行こう、と思い直した。午後二時四十分に病院から私宛に電話がかかってきた。

「お父さんの容態が急変しました。すぐ来てください」

病棟の看護婦さんからの電話だったが、私には「父が死んだ」と聞こえた。急いで職場を飛び出し（職場の同僚によれば、この時私は相当慌てふためいていたらしい）、ＪＲ環状線の森ノ宮駅から天王寺行の電車に乗ったのは午後三時だった。今から病院に行っても父の臨終には間に合わないかも知れない。でも決して泣くまい。そして、父のためにフォーレのレクイエムを歌おう。そう心の中で決めた。いつもはＪＲ王寺駅北口から出て病院に行っていたのだが、この日は王寺駅南口から出て銀行でお金を下ろした後、タクシーで病院へと急いだ。

父は既に息を引き取っていた。死に顔が安らかだったのが救いだった。先にあの世に行った父方の祖母、父方の伯父、そして母の三人が父を迎えに来たのだ。私は冷静にそう思った。

私は主治医のS井先生から、父の最期の様子を聞いた。呼吸不全になった翌朝、父の脈拍数は二百を超えたが、首のおそらく洞房結節を押さえると脈拍数は下がった。午後二時半に父の呼吸が止まり、次いで心臓が止まった。複数の医師で心臓マッサージをしたが反応せず、午後三時に死亡宣告をした、とのことだった。

もしかすると、ふと病院に行こうか、と思いついた昼に職場を辞して病院に行けば、父の臨終に間に合ったかもしれない。だが、取り乱さず冷静でいられたかどうかはわからない。父は意識不明の中で、八月二十八日に七十二歳の誕生日を迎えていた。S井先生が書いてくれた死亡診断書には、死因は急性呼吸不全、元となった病気は脳幹部梗塞、と書かれてあった。

私は心の中で、父にこう語りかけた。

「七十二年間よく頑張ったね。そして四十年間ありがとう」と。

二、三人の看護婦さんが「臨終セット」というのか、亡くなった患者さん用の綿栓、浴衣等のセットを開けて、父の処置をしてくれた。霊安室に移された父の枕元で、私は心を込めてフォーレのレクイエムを歌った。

（五）不思議な足音

父が息を引き取ったのは金曜日の午後だった。翌十一月六日に通夜、七日に葬儀をした。母の時と同じく葬儀の日は友引だったが、葬儀会社の人が気を利かせて、「友を引っ張らないように」棺の中に人形を入れてくれて、葬儀を行った。私の家族、親しい親族、義理の両親、父が最後に会った旧友、そして父が生前お世話になった近所の人に知らせて、私が喪主を務めて小規模な葬儀を行った。私は白木造りの霊柩車に、妹は花がいっぱいの祭壇にこだわり、友引の日も営業をしていた飯盛山の斎場で荼毘に付した。母の時と違って、太い背骨が残っていた。

まだ温かい遺骨を抱き、私は当時住んでいた茨木市内の公団住宅三階の自宅に戻った。階段の入り口でたまたま出会った五階の知人宅のご主人は、すぐさま事情を察したらしく、深々と黙礼をしてくれた。私は、斎場から何かを連れ帰ったような気がしてならなかった。

四十九日が過ぎるまで、死人の魂はまだこちら側の世界にあるため、墓に埋葬できないという。しかし、年を跨いではいけないという。実際は、年末も近く、諸般の事情で母の遺骨を埋葬したのと同じ十二月十八日に、高安山霊園にある小さな墓に父の遺骨を埋葬することにした。それまで、自宅の北側の部屋に父の遺骨を安置し、その部屋で私は寝た。二人の息子と、当時単身赴任をしていて週末ごとに伝書鳩のように帰って来る夫は、南側の部屋で寝た。

茶毘に付した父を連れ帰ってから、毎晩一時半頃に、たっ、たっ、たっ、たっ、という、小さな子が部屋の中を走るような音が聞こえた。だが、その姿は見えない。もしかすると、その不思議な足音は、私にしか聞こえていなかったのかもしれなかった。母の時と違って、私はしばらく父の夢を見なかった。

一体、あの不思議な足音は何なのだろう、もしかして斎場から連れ帰った座敷童かその類いかな、と思っていたある日、私は布団に仰向けになって部屋の蛍光灯を見ていた。すると、蛍光灯が点滅するように見え、身体が硬直したように動かなくなった。金縛りに遭ったのだ。その時、たっ、たっ、たっ、たっ、という、不思議な足音がして、私の寝ている左側を何者かが走っていった。小さな子供と同じくらいの大きさで、白くぼんやりと光るエーテル体のようなものが走っている。頭部はなく、四角い胴体に手足が付き、その手足が動いて走っている。やがてその白い物体は壁の中に消えていき、私の金縛りは解けた。

それ以降、私は不思議な足音を聞かなくなった。もしかすると、死んだ父のこの世に対する想いが強く、「わしはここにいるんだぞ」とアピールしていたのかも知れなかった。

父の死後、不思議なことは他にもあった。

陸軍士官学校で父がお世話になり、長い間年賀状のやり取りをしていたSさんから「お父さんの夢を見たその翌日、お父さんの訃報が届いた。あまりのことに誰にも言えなかった」という旨のお手紙をいただいた。

妹は、父の自宅にあったボンボン時計（柱時計）を家に持ち帰ったが、父の一周忌が終わるまでその時計は動かなかった。一周忌の後何事もなかったかのように動き始めた、という。

倒れてからあれだけ怒り狂っていた父は、この世に対する想いが強かったのだろう。十一月の終わりに父の死後初めて父の夢を見たが、父が普通の姿で私の夢の中に出てくるまで十年かかった。

その年の十二月十八日に、私と夫、二人の息子の四人で、父の遺骨を納骨した。霊園の経営母体である四天王寺より若い僧侶を迎え、霊園の関係者に立ち会っていただき、高安山の山頂に近い区画にある、母の眠る小さな墓に父の遺骨を埋葬したのである。その墓は、既に父から私に名義変更をしていた。強い風の吹く、寒い日だった。

十二月十八日は、私がやっとの思いで最初の職場から就職の内定をいただいた日である。その二年後に母を埋葬し、さらに十六年後に父を埋葬することになった。その四年後に、私は天職だった研究職の仕事を諦めざるを得なくなり、母の死んだ街で働き始めることになる。人生とは、何と皮肉なものなのだろう。

父の遺骨の一部は、先に大谷本廟で納骨する前に取り分けてあった。経文の書かれた白い布袋に納められた父の遺骨は、墓穴の中の母の遺骨の隣に安置された。私も夫も二人の息子も、墓穴の中をのぞくのは初めてだった。

「次にここに入るのは誰？」

と尋ねた長男に、

「次は母ちゃん」

と私は答えた。

【夢22】父が去っていく

私と妹と両親は寺社巡りをしていた。両親が前を歩き、私と妹は少し離れて両親の後ろを歩いていた。山道を歩いて行き、朝護孫子寺と思われる寺院の中をぐるぐる歩いて行く。母が少し先を行き、角を曲がったところに置いてあった自転車の一つに跨ろうとして、ふっとその姿が消えた。

残るは父と私と妹の三人。別の寺院の山門をくぐったところで、父が先に行く。私は懸命に父を追いかけるのだが、周囲の人の方が歩くのが速く、どうしても追いつけない。だんだん父の後ろ姿が遠くなっていく。

「あの白髪頭、追いかけて。あの白髪頭がだんだん見えなくなっちゃうよ」

と私は夢の中で叫んでいるのだが、父の後ろ姿はだんだん先を幾多の人に紛れて見えなくなってしまった。

　そうか、父は死んだのだ。母も死んだのだ。だからこういうことが起こるのだ。そう思ったところで目が覚めた。


　この夢を見た十二月二十八日の朝、私は父の家で妹と待ち合わせていた。父は遺言を残さなかった。私は、母が死んだすぐ後に父が一度だけ私に言ったことを思い出し、父の自宅を売り、父の預金類とともに妹と相続することにした。

　忌引きの七日間は、諸手続きだけで終わってしまった。義理の父に泣きついて会社の税理士を紹介していただき、遺産相続の手続きをした。父の自宅の売却も、義父を通じて信頼のできる不動産屋にお願いしていいた。当時、妹の夫は大学の先生をしており、専門分野が廃棄物であったため、知り合いの業者を紹介してくれた。そして、その業者に、年明けに自宅の荷物類の整理をしてもらうことになっていた。

　仕事納めのこの日、私と妹は、父の自宅の中で必要なものをより分け、私と妹が各々自宅に引き取る「形見分け」をすることにしていた。私は古いアルバム類を段ボール五箱に詰め、妹は写真類や柱時計や一部のアクセサリーを持ち帰ることにした。父の死後、全ての手続きを終え、遺産相続が終了するのに結局二年以上かかった。

　荷物の整理をしている時、門の呼び鈴が鳴った。外に出てみると、父が最初に入院した生駒病院でお世話になった婦長さんが立っていた。私はそれまで気づかなかったが、婦長さんは父の家の道路を隔てて東側の向かい隣りに住んでおられた。

「生駒病院に入院中は大変お世話になり、どうもありがとうございました。父はハートランドしぎさんに転院して三週間くらいして脳幹部梗塞を起こし、五か月後に息を引き取りました」

私は婦長さんに、父が死んだことを伝えた。婦長さんは、父が救急車で運ばれた時から、近所に住んでいた父のことを気にかけてくださっていたのだった。私は、閉鎖病棟での話をした。制度ができたばかりの介護休暇を取り、できるだけ父のそばにいるようにしたことも。

「一般病院と精神病院では、看護の仕方が違うわね。私たちは患者さんが変なことを言ったら『それは違うでしょ』と言うけど、お父さんの場合はそれがいけなかったのかもしれないわね。精神病院ではとりあえず患者さんの言うことをそのまま受け入れるのね」

と婦長さんは言った。

主治医だったH先生は、母校の大阪医科大学で医学博士の学位を授与されたそうである。父のような難しい患者の面倒を見るのは初めてだったらしく、大学の先生にもいろいろと助言を仰いでいたようだった。

（六）運命の輪

二〇〇〇年一月一日、世間で懸念された混乱もなく、私たちは無事二十一世紀を迎えることができた。

【夢23】病院にて

病院の細い廊下の両脇には病室のドアが続いている。入院中の父が自分の病室に案内してくれた。八人部屋である。

「いやあ、ひどいもんだよ」

そういえばベッドが二つわざとくっつけられ、痴呆老人がうろうろしている。

「面倒だから、痴呆老人のまねをしているけどね」

父は言う。もしこのまま狂ったふりをしていたら、父は一生ここから出られなくなるんじゃないだろうか、と私は思った。

まともそうに見えた父に、「あんたのせいでこっちは大変な思いをしたんだよ」と突っ込みたい気持ちだった。だが、父が初夢の中に出てきてくれたことは、単純に嬉しかった。

二〇〇〇年一月四日は仕事始めである。職場では、支所長の年始の挨拶があり、そのあと通常の業務をすることになっていた。翌一月五日には毎年のように、東京の本所から副所長が来阪し、職員を講堂に集めて年頭の訓示をすることになっている。その年、副所長は開口一番、

「四年後に大阪支所はなくなります」

とおっしゃった。ある程度の情報を得ていた人もいたが、職員の間にざわめきが広がった。

父の死をきっかけに運命の輪が回り始めたのだ。私は自分の研究テーマを抱えていて、多額ではないが研究費を得ていた。期限の限られた中で、一期一会の思いで真剣に仕事と向き合おう、と思った。

所長と副所長が来阪して全員と面接をする。東京に来ることのできる人は東京（本所）で引き取り、家庭の事情で東京に来ることのできない人には転職先を紹介する。要するに、「国家公務員は首にはできないから」全員に一度は転職先を紹介する、という話だった。私は半信半疑だった。結局、自分で転職先を探さなければならないのではないか、と思った。

【夢24】船出

私は一両編成のローカル線に乗っていた。向かいの席に背広を着た父がいたが、父は何も言わ

なかった。やがて電車は終着駅についた。終着駅は浜辺に面しており、一艘の小さな船が波打ち際にあった。浜辺は無人で空はどんよりと曇り、絵に描いた風景というよりは陰鬱な風景だった。私は電車で引き返そうと思ったが、終着駅に停まっている電車の車両は変形して後戻りできなくなっていた。

私は早速、友人や知り合いに相談した。化学メーカーに勤務する夫に相談すると、「博士号を持った四十過ぎのおばさんなんて、扱いにくいからいらん」と言われた。関東では、薬剤師が飽和していて経験者でないと採用されない、と言われていた。初めて壁にぶち当たったのである。それまで、私は何かに守られていたらしく、とことん運の悪いことはなかった。

【夢25】黄色い切符

私は母から渡された黄色い切符を手にして、大きな駅のプラットホームにいた。プラットホームには今まで見たことのない豪華な新型車両が停まっていた。発車のベルが鳴る前に私はその電車に乗り込んだ。私が乗ると同時に電車は出発した。車両の中には座席はなく、これからどこに行くのかもわからない。でも、私は母から渡された黄色い切符を信じていた。

これは、所長と副所長の面接のある日の朝に見た夢である。

所長と副所長の面接は、全員に対して行われた。お二方とも前職は東京大学薬学部の教授だった。丸一日面談された後、所長も副所長も深く疲労されてぐったりとしておられた。元東京大学教授が何の因果で、慣れない面接をしなければならないのか。ご本人たちもそう思っておられただろう。今から思えば、普通なら話さないような人たちと話したわけであり、貴重な経験であった。

独身の若い人たちは、真っ先に東京へ異動した。年配でも転勤できる人は、ポストを設けてもらって異動した。最終的には、事務職を含めて全員が転職できたのだが、人間の醜さというものをいやと言うほど見せつけられもした。人は逆境にある時、その本性を顕すもののようだ。最終的には、当時のO田支所長にお世話いただいて、私は中核市になったばかりの高槻市に新しく設けられた保健所に、検査担当の薬剤師として転職することになった。

二〇〇三年三月三十一日、十六年十か月お世話になった二番目の職場である大阪支所での最後の日はあっけないものだった。O田支所長は、退職の辞令を受け取るために東京へ出張していた。長らく私の直属の上司であり、最後の支所長となったT海部長も、四月一日付の支所長昇任の辞令を受け取るため、上京しておられた。従って、退職の辞令は（しかも自己都合退職の扱いだった）庶務担当のK野主任より配っていただいた。

昼休み、一足先に東京に異動していた先輩、子供の体調不良を理由に休んでいた同僚に替わり後輩の三人で、KKR大阪の見晴らしの良いレストランで最後の午餐をした。大阪支所での、最後の「愚痴のこぼしあい大会」となった。私は午後八時まで残って、研究職として最後の論文の仕上げをしていた。職場を出たのは本当に最後だった。

　この日を限りに、私と同僚を含め十人が大阪支所を去った。そして、その翌年の二〇〇四年三月三十一日を限りに、私の二番目の職場であった国立医薬品食品衛生研究所大阪支所は、百年以上にわたる歴史に静かに幕を閉じた。

第三節　人生最期の夢

　現在、私の両親は、信貴山の近くにある高安山霊園内の山頂に近い小さな墓で眠っている。上空は伊丹空港に向かう航空機の航路になっていて、時々飛行機の機影が影を落とす。私は多い年には、春の彼岸の前、盆の前、秋の彼岸の前、両親の祥月である十一月、そして大晦日の年五回、墓参りをしている。現在住んでいる高槻市内からは片道二時間以上かかる。しかも、墓参りの帰りに信貴山の朝護孫子寺にお参りをするので、丸一日を費やすことになる。

　王寺駅から墓参りに向かう途中で、父が最期を迎えた病院が見える場所がある。丘の上にあるその病院の周囲には、いつしか家が立ち並ぶようになった。私は、その病院を見る度に、父に会いに通った日々を懐かしく思い出すのである。

私は、特定の宗教を信仰してはいないが、両親の墓の前で花を手向けた後、手を合わせ、心の中で亡き両親に話しかける時、心の安らぎを感じる。周囲に人がいない時、フォーレのレクイエムと千住明作曲の「ふるさと」「おじいちゃんと手」（いずれも父の死んだ年にNHKで放映された「日本　映像の20世紀」での挿入歌）を歌うことがある。

現在、父の戸籍は本籍地のある京都市山科区役所にある。一九五八年に父と母が結婚して新たに戸籍が作成された。翌一九五九年に生まれた私の名前が記され、一九六二年に生まれた妹が加わり、構成員は四人になった。一九八三年に母が死んで除籍され、一九八六年に私が結婚して除籍、さらに一九九一年に妹が結婚して除籍となった。そして一九九九年に父が死んで除籍された。父の戸籍は全て×印がついて構成員がいないまま、世帯主だった父の死後七十年間保管されることになっている。


二〇一〇年三月三日に、私は五十一歳になった。とうとう母の寿命を超えたのである。母は生前、父のことを「この人は長生きする。だけど私は五十歳で死ぬ」と言い続け、本当に満五十歳で多発性骨髄腫による腎不全で逝った。確かに母に比べたら、父は長生きしたと思う。私は常日頃から、倒れてから七か月で逝った母を意識して「できるときにできるだけのことをしよう」と心がけて生きてきたつもりである。だが、私は本当に母の遺言を守ることができたのだろうか、と時々自問している。

父が死んで暫くの間、私は、大阪市営地下鉄御堂筋線梅田駅の旧いアーチ型の天井の下を通る時、父の幻を見たような気がしてならなかった。セピア色の父は、会社員をしていた現役の頃のようにグレーの背広を着て茶色の革のカバンを持ち、黒い革靴を履いてホームへと階段を下りていき、雑踏に混じりあって消えていくのである。

父は晩年、少数の人と年賀状や手紙のやり取りをしていたようだった。父に届いた年賀状をもとに、父の死後私は父の死亡通知を出したのだが、何人かの人は返事をくださった。律儀な人たちだった。そのうちの一人である父の旧友とは、しばらくの間年賀状のやり取りをした。

父はまた、古い一冊の手帳を遺していた。手帳には、旧制中学校に通っていた頃から戦後旧制大学最後の学生の一人として卒業して就職した年まで、父の自作の歌（三十一文字の和歌）が達筆で記されていた。私は和歌や俳句に疎く、その価値はわからない。だが、なぜ父は就職してから歌を詠むことを止めたのだろうか、と思った。

「赤んぼ笑うな、来た道じゃ。年寄り笑うな、行く道じゃ」

この言葉は、父が入院中に読んだ、ある老人病院で長らく診察に当たっておられた医師の書いた本で出会った言葉である。

年を取ると子供に戻る、という。父方の伯母の晩年がそうだった。私もいずれは父のようになるのかもしれない。その時には、息子たちに、父と同様、丘の上にある病院（老人専門の物忘れ外来のある精神病院）に連れて行ってほしい、と思っている。

母の死後、私は一九八六年六月に結婚した。夫が、一九九二年一月半ばに大分に転勤して単身赴任をしてから「別居結婚」が二十年以上になる。献身的に子供たちの面倒を見てくれた義母は、大腸癌のため二〇一〇年二月十四日に亡くなった。私は、仕事で活躍するのはこれから、という四十代半ばで転職を余儀なくされた。しかも、人間関係の軋轢の凄まじい三番目の職場に八年間在籍する間に、身体を壊した。その後、自ら希望して異動した四番目の職場である環境科学センターで、環境分野の水質分析を担当した。現在、五番目の職場である浄水管理センターで水質検査を担当している。

こんな中で、二人の息子は、ぐれもせず、大きな病気もせずに成長した。そして、自分の進みたい道を見つけて第一志望の大学に進学し、大学院修士課程を経て、無事会社員として就職したのは奇跡だと思う。

妹とはしばらく交流があった。しかし、妹の長男が重度の自閉症であることもあり、長男の療育に疲れ果てた妹は心を病み、妹の二人の息子が成人して落ち着くまでの十数年間は年賀状のやり取りをするだけの疎遠な関係であった。そして、両親が晩年、死に至る病を発症して最初に入院した生駒病院も、今はない。

私は二〇一九年三月に定年を迎えた。国と地方で公務員を務めた私にとって、仕事は私の人生の一部であり、生活の一部であった。大学でお世話になった恩師の多くは鬼籍に入った。最初の職場で私を採用してくださった、当時のS江所長もI尾部長も亡くなった。私が公共にお世話になった親切なI川部長も、二番目の職場で身請けしてくださったI藤元部長も、在籍中ずっと直属の上司だったT海元支所長も既にこの世にはいない。

最初の職場は、体制も業務内容も大きく変わった。そして、茨木市の彩都にある医薬品基盤研究所と統合され、遠くない将来、東京から大阪に移転することになった。二番目の職場は既になくなった。四番目の職場も私が定年になった年に閉鎖された。私にとって居心地のよかった職場はすべてなくなった。再任用職員として働く今の職場も、社会情勢の変化に伴い、いずれ何らかの変更があると思われる。再任用の期間が終了するまでに私は仕事から完全に離れ、幼い頃のように自由気ままに過ごすことになるかもしれない。いずれにせよ、物事はなるようになるし、なるようにしかならない。

人は、いずれは死ぬ。だが、いつどこでどんな死に方をするかは、人智を超えた神の領域だと思う。震災等の災害や事故、病気や事件に巻き込まれて年若くして亡くなる人は気の毒だと思う。一体何がその人の寿命を定めるのだろう。現実はあまりにも酷い。

私は時々、こんなことを考えている。この世で全ての事を諦めなければならない日が来た時、私は果てしなく青い空の下、小鳥が囀り、色とりどりの花の咲き乱れる花園にいる。向こうから、生前お世話になった人たちが私を迎えにやって来る。先頭には、若くて元気だった頃の姿の両親がいる。幼子に戻った私は、両親の胸の中に飛び込んでいく。両親はしっかりと私を抱きしめ、花園の向こう側の世界へと連れて行ってくれる。

こういう夢を人生の最期に見ることができたらいいな、と思う。

第四章　三つの地震と台風

関西で経済の高度成長とともに育った私は、一九八二年の春に東京に就職するまで地震を経験したことがなかった。東京では震度五までの地震を時々経験した。最初に古い木造アパートで地震を経験した時、私は思わず戸外へ飛び出した。二年目からは地震に慣れて「あ、また揺れている」と思うようになった。

「東京では、関東大震災級の大地震が必ず起こる」

四十年前から既に言われていたことである。しかし、大きな被害を伴う地震は、一九六〇年から始まった経済の高度成長期には発生しなかった。今になって思うに、経済に大打撃を与えるような大きな災害が起こらなかったからこそ、経済の高度成長が可能だったのかもしれない。

第一節　阪神淡路大震災

一九九五年一月十七日午前五時四十六分に阪神淡路大震災（兵庫県南部地震）が発生するまで、戦後の最大の天災は一九五九年九月二十六日に潮岬に上陸した伊勢湾台風である、と言われていた。伊勢湾台風では高潮・大雨・暴風等のため、愛知県や三重県を中心に広い地域が浸水し、死者・行方不明者が五千人を超えた。最も被害の大きかった地域を走る近鉄電車の路線が壊滅的な被害を受け、復旧の過程でそれまで狭軌（国鉄仕様）だった線路が広軌（新幹線仕様、或いは大抵の私鉄仕様）になった。

私は生後六か月で、当時住んでいた岐阜県大垣市でこの伊勢湾台風に遭遇しているが、当時の記憶はない。母が言うには、大垣市内の木造アパートに住んでいて「高い所に住んでいたから助かった。低い所に住んでいたらどうしようもなかった」そうである。

【阪神淡路大震災の概要】

〈地震の概況〉

○発生年月日　平成七年一月十七日五時四十六分

○震源　淡路島北部（北緯三四度三六分、東経一三五度〇二分）

○震源の深さ　一六キロメートル
○地震の規模　マグニチュード七・三
○最大震度　震度七
〈被害状況〉
○死者 六四三四名、行方不明者 三名、負傷者 四万三七九二名
○住家被害　全壊 一〇万四九〇六戸、半壊 一四万四二七四戸、一部破壊 三九万五〇六戸
○非住家被害　公共建物 一五七九棟、その他 四万九一七棟
○施設関係等被害　文教施設 一八七五か所、道路 七二四五か所、橋梁 三三〇か所、河川 七七四か所、崖崩れ 三四七か所、ブロック塀等 二四六八か所
○ライフライン被害（ピーク時）　水道断水約 一三〇万戸、ガス供給停止約八六万戸、停電約二六〇万戸、電話不通 三〇万回線超
○被害総額　九兆九二六八億円

（一）地震の発生

一九九五年一月十七日の早朝、当時私が住んでいた大阪府北部の茨木市で強い揺れを感じ

た。私は、「川のこちら側と向こう側に、もこもこした茶色や黄土色のゴリラがいっぱいいる」という変な夢を見て目を覚まし、布団の中にいた。「がた、がた、がたがたがた」と南北に揺れたと思うと、電灯が消えた。その直後に台所の方で「がちゃがちゃがちゃ」と食器棚の中で食器がぶつかり合って割れるような音が聞こえた。最初はポルターガイストかと思ったが、後で見ると水屋の中で食器が割れていた。そして食器棚の上に置いていた時計が床に落ちてきて割れた。

午前六時前である。四月から小学生になる長男と保育園児の次男は、目を覚ますことなくぐっすりと眠っていた。私は外の様子を見に行った。安威川河川敷を走っていると、走行距離を表示する木の切り株様のコンクリートのオブジェが地面に掘り出されたようになっていた。名神高速の下にかかると、高速道路上でサイレンを鳴らしながら、救急車や緊急車両が走っている。西の方に低い空に火花のような光が見えた。戻ってくると、家の近くの駐車場に止められた車のカーラジオから「神戸で震度六」というニュースの音声が聞こえてきた。

停電が復帰したので家のテレビをつけると、そこには信じられないような光景が映っていた。神戸市のあちこちでもうもうと黒い煙が上がっている。淡路島を震源とするマグニチュード七・三、死者六千四三四人を出した阪神・淡路大震災（正式名は「平成七年（一九九五年）兵庫県南部地震」）が発生したのである。電車も止まっていた。つまり出勤不能である。こんな状況では保育園も休園、学校も休校である。

朝七時過ぎに、震度三の余震があった。私は保育園児だった二人の幼い息子を起こした。

「地震やで」

ところが起きてきた息子たちは、テレビのニュースで震災のニュースをやっているものだから、二人で「地震ごっこ」を始めた。私は慌ててやめさせた。

時間が経つにつれて、被害の詳細が分かって来た。阪神高速道路（以下、「阪神高速」と略す）は久寿川付近で高架の道路が落下し、死者が出ている。神戸市長田区では、靴の製造工場を中心に数箇所で火災が発生し、黒い煙が立ち上っている。神戸市の中心部である三宮周辺ではデパートの建物に大きな亀裂が入り、商店街は壊滅状態で、市庁舎では中層階が潰れて危険な状態となった。沿海地にあった神戸製鋼の高炉が一基倒壊した。日本酒の産地として有名な灘五郷では例年のように杜氏による日本酒の仕込みが行われていたが、酒蔵が倒壊した。いずれも震災により大きな被害が出て、夜を徹して業務に従事していた人が多数死傷している。阪神電鉄の石屋川車庫は倒壊して線路が車両もろとも落下し、車両の三分の一以上が廃車となった。阪急今津線では、山陽新幹線の高架と国道171号線の橋桁が線路上に落下し、甲東園駅では電車が脱線していると伝えられた。全半壊した家屋や建物は多数あり、道路は瓦礫のために不通となっている。被災地では電気・水道・ガスのライフラインは長期間絶たれ、不便な生活を強いられた。最も被害が大きかったのは北淡町や神戸市、芦屋市、西宮市であったが、隣接する地域でも大きな被害があり、多くの死傷者が出ている。当時のことはいろいろな記録に残っている。

当時は震度計の設置されている場所は少なかった。大阪府の震度計は地盤の固い谷町台地に設置されていて、震度四を示していた。だが、当時私が住んでいた大阪府北部では、半壊した家や全壊した家、重傷者も出ていて、近所でも実際屋根瓦が全部ずれた家を目撃しているので、実際は震度五弱くらいではなかったか、と思う。震度四のはずの大阪府の大阪大学では火災が起こり、震度五の京都府の京都大学ではさほど大きな被害がなかった。尚、震度計は阪神淡路大震災の後に多くの地点で設置されるようになり、このような矛盾はなくなったように思う。

柴島《くにじま》浄水場から淀川を跨いで大阪市内に水道を供給する大きな水管橋の空気弁から水が噴き出していた。大阪市の水道局の人の話では、より兵庫県に近い西淀川区では水道管に被害が出ていて、その対応のため水管橋は一週間ほうっておかれたのであった。後年私は柴島浄水場で研修を受ける機会があったが、阪神淡路大震災から既に二十年以上経っており、当時の対応は浄水場で半ば伝説化してしまっていた。そしてこの経験は、当時を知るベテランから下の世代の職員に語り継がれていた。

当時私が勤務していた職場（国立医薬品食品研究所大阪支所）は大阪市中央区法円坂に位置し、目の前に交通量の多い阪神高速の高架があった。阪神高速では地震が起こった時、西宮市内の久寿川等で道路が倒壊し、死者が出ている。震災後は半年以上、阪神高速は通行止めとなっていた。その後、緊急自動車のみが通行できるようになり、震災発生一年後に練馬ナンバーのパッカー車（ゴミ収集車）が阪神高速を東から西の神戸方面に走っているのを見て、「こんなに遠くの人たちが被災地に助けに来てくれているんだ」と感動したのを覚えている。なお、阪神高速の完全な復旧には六二三日を要した、と記録されている。

震災の起こる数日前に、私は南方の空に、手の指のように五本の太い線が広がるように見える地震雲を見た。震災の起こる前日、神戸市内の須磨水族園のイルカショーで、一部のイルカが異常な動きを見せたそうである。地磁気の変化を感じていたのだろう。神戸の詩人が震災当日に見た「赤い月」のことを詠んだ。私も気持ちが悪いほど赤い満月を、当時住んでいた茨木市で見た。

阪急電鉄京都線はその日のうちに運転が再開されたので、震災の翌日、私は出勤した。大阪支所の職員のうち、西宮市に家がある先輩の行方が分からなかった。先輩の家に電話をかけても、西宮方面は回線がパンクしていてつながらないのである。一週間後、先輩から東京の友人に連絡があり、無事であることが分かった。震災で、西国街道から岡田山の東側に沿って伸びる断層が動いたと考えられた。小学生の時、その断層に沿って西側がだんだん高くなる変な道だな、と思っていたところが断層だったようである。西宮では、夙川付近以外に、西宮北口から神呪町に至るあたりが震度七だったが、先輩の家はその地域にあった。家が半壊し、ドアの鍵が壊れたので、家を離れられなかったそうだ。先輩は後日、家の中の重さ二〇〇キログラムもあるピアノが上にはねたこと、近所で倒れた箪笥でおなかを打った男性が運ばれていったこと、神呪町にあるかつて私が通っていた甲東小学校の新設の体育館が壊れたこと、先輩の娘さんが通っていた神戸女学院のヴォーリスが建てた校舎が壊れたことを教えてくれた。

先輩一家は家の権利証書を持ち出して、自宅の近辺のライフラインが復活し、住む所が落ち着くまで、職場の南側にあった官舎に引っ越してきた。古くておんぼろだったが、幸い地震で壊れていなかった。当時職場の敷地内で飼われていたビーグル犬の太郎は、震災の後おびえて床下に籠りきりになってしまっていた。官舎ではゴキブリは普通に走り回り、畳の上をナメクジが這い、白い小さな虫がいっぱい出る。ダンゴムシの幼生だろうと思われるその白い虫の背中が黒く色づくようになる春先に、虫が大嫌いな先輩は家族とともに、西宮で再建した自宅に帰って行った。

大阪支所は地盤の固い谷町台地に立っていたので、震度四の地震では殆ど影響がなかった。しかし、仕事で関係のある神戸検疫所や神戸市環境保健研究所の被災の情報が、日が経つにつれて入って来た。神戸市兵庫区にある神戸検疫所では一九九二年に輸入食品・検疫検査センターが新設され、最初の立ち上げの時に私の直属の上司のT海さんが職員の技術指導のために派遣されている。海辺（遠矢浜）に建つ検疫所は全壊を免れたものの、震災の混乱の中で検疫検査センターの職員はしばらくルーチンの仕事ができなかった。住んでいた官舎が全壊してしまった職員がいた。職員は交代で、神戸市の災害対応の応援に派遣されたと聞く。私の職場では、依頼を受けて若い職員一名を研修生として受け入れ、一年間一緒に仕事をした。

神戸市環境保健研究所はポートアイランドにあり、地盤の液状化もあって大きな被害を受けた。当時の食品化学担当の課長から悲愴な声で電話があった。

「震災で大きな被害を受けて業務が続行できない。実験に使用するガラス器具も全部壊れてしまった。余っているガラス器具があったら送ってほしい」

私は上司と相談して使用していない新品やきれいなガラス器具を集めて梱包し、地震見舞いの手紙を添えて段ボール二箱分を送った。大阪府立公衆衛生研究所の食品化学課では実験器具を提供しただけでなく、神戸市環境保健研究所が担当であった厚生労働省から依頼を受けた研究業務を代わりに行ったと聞いている。電話をかけてきた課長は自宅も職場も被災して絶望的な気持ちだったのだろうと思う。

後日、丁寧な礼状と被災状況を写真付きで記した冊子を受け取った。液状化現象が起きたと思われる建物自体の被害だけでなく、ボンベ庫ではボンベが倒れ、研究室では固定していなかった分析機器が落下し、ガラス器具は粉々に割れ、部屋の中はぐちゃぐちゃになっていた。

（二）震災の傷跡

この震災では六千人以上が亡くなったので、被災地では様々な悲話が誕生した。被害のひどかった阪神地区（神戸、芦屋、西宮等を含む兵庫県南東部）から電車で一時間ほどの距離に住んでいる私は普通の生活を送ることができた。しかし、自宅から電車で一時間ほどの距離では地震発生時の地獄のような凄まじさと元の生活に戻れるまでの苦難が続いたということは、私にとっても衝撃であった。

一九九五年十二月、鎮魂の意と再興の願いを込めて、神戸市の南京街の近くに「神戸ルミナリエ」が点灯された。ルミナリエはイタリアからやってきた荘厳な光の芸術である。東遊園地に設置された光のモニュメントの会場では、初期にはグレゴリオ聖歌が流れていた。現在では神戸市内で被災した小学校の音楽の先生である臼井真教諭が作詞作曲した「しあわせはこべるように」の合唱が流れている。

震災の後、各地から自発的にボランティアに駆け付けた人が大勢いた。そのため、一九九五年は「ボランティア元年」と呼ばれている。私は幼い息子を二人抱え、仕事を持っていたために義援金を送っただけでボランティアには参加しなかった。もし私が当時学生だったら、きっとボランティアとして被災地に入っていたと思う。

あしなが育英会は、病気や災害、自死（自殺）などで親を亡くした子供たちや、親が重度後遺障害で働けない家庭の子供たちを物心両面で支える民間非営利団体である。あしなが育英会から奨学金を受けている人たちが中心となって、被災地で親を震災により失った震災遺児を支援する活動を行っていた。震災遺児の中に、黒い虹の絵を描く男の子がいた。支援しようとする方も親を失った人たちであり、心より寄り添う支援ができたのではないだろうかと思う。私は「黒い虹」の話を知り、ささやかながら支援を始めた。

私は一歳半からほぼ十年間西宮で育ったので、被災地に強いシンパシーを感じていた。

小学三年生の担任だったN沢先生は、被害の大きかった神戸市東灘区に住んでいた。震災から一年後に電話で連絡のついた時、N沢先生は「戦争で焼けだされた時よりひどい」とおっしゃった。N沢先生は大阪城公園内にある教育塔の由来（一九三四年の室戸台風襲来時に、大阪市内の倒壊した木造校舎の中で、児童を守るようにして殉職した女性教師の話）を教えてくださった先生で、昔、篠山城のあった篠山の出身であった。

N沢先生によると、小学三年生で同級だったM代さんは西宮市に住んでいて、震災でご主人を亡くされたそうである。M代さんは幼い息子二人を連れて、神戸市内に避難していた。同じ神戸市でも、南部の灘区・東灘区・長田区等では被害が大きかったが、北区の有馬や西部の西神地区では被害は比較的軽かったのである。M代さんは電話口で泣きながら「私はもう西宮には戻れない」と言っていたそうである。しっかり者で学級委員（当時は「学級委員長」と言っていた）を度々務め、エレクトーンが上手だったM代さん。大学卒業まで西宮市内の学校に通い、きっと幸せな結婚生活をしていたのだろうな、と想像する。震災が彼女の幸せな生活を暗転させてしまったのだ、と思うとたまらない気持ちになる。

震災の起こった年の秋の事だったと記憶しているが、朝日新聞の「ひととき」に、震災でかわいい盛りの一歳半の幼い息子さんを亡くした若いお母さんの悲痛な投書が掲載された。元気だった男の子の名はダイスケ。どうかこの世にダイスケという子が存在したことを忘れないでほしい。そのような文面でその投書は締めくくられていた。この投書は関西版だったと思われるが、大きな反響を呼んだ。投書したお母さんは若かったから、その後ダイスケ君の弟妹に当たる子供が生まれたかもしれない。日常生活に追われていても、このお母さんは一生震災で亡くしたダイスケ君の事を忘れることはないだろう、と私は思う。

震災では、古い木造アパートに住んでいた学生や若い人も多数犠牲になった。その中には外国から来た人もいた。朝日新聞で読んだ、ある若い中国人女性の事を記す。彼女は中国の伝統楽器の奏者で、日本の商社に勤めるお姉さんと古い木造アパートに住んでいた。震災でお姉さんはアパートの下敷きになって亡くなってしまった。しっかり者の優しいお姉さんだったそうである。知人の少ない異国の地で信頼できる姉を失った妹さんは泣き暮らし、一年以上の間毎日のように亡くなったお姉さんの夢を見たそうである。おそらく夢に登場するお姉さんは元気な頃の姿をしていたのだろう。そして、目が覚めると厳しい現実が待っている。プロの音楽家であった妹さんは人一倍感受性の強い女性であっただろうと思われる。時間が経つとともに妹さんが立ち直り、プロの奏者として成長していったであろうことを私は祈っている。

震災から一年後の春先、私は小学一年生になった長男と保育園年少組の次男を連れて、かつて私が通っていた西宮市立甲東小学校を訪れた。学校が休みの日だったので人気はなく、学校の周囲を三人でそっと歩いた。小学校の北門付近には、かつて子供相手にインチキ臭い商品を売っていた文房具屋が二軒あったが、辺り一面更地になり、仮設住宅が二棟ぽつんと建っていた。新しい体育館の屋根は落下したまま放置され、底に穴が空いて使えなくなった二十五メートルプールもそのままだった。校内には北側の新しい校舎一棟があるのみで、後はプレハブ校舎である。遊具類も殆どが壊れて撤去されたらしく、残っているのは私が小学一年生の時に遊んだシーソー一台のみであった。学校の西側には再建されつつある家があった。学校の南門の近くにある慰霊塔だけは昔のままだった。

私が小学一年生から六年生の一学期まで通ったこの学校は理科室が二つあり、教育熱心な保護者が多かった。そして、灘・甲陽・神戸女学院等への進学を目指して中学受験をする人が少なくなく、伊丹市あたりから越境してくるような小学校だった。震災から一年経っても、震災の傷跡ははっきり残っていた。あまりもの変わりように私は言葉を失った。その時、小学校の北側を通る山陽新幹線の高架の上を通る新幹線車両を見て「あ、新幹線や」と電車好きの長男が言った。その声で私は我に返った。

門戸厄神駅に向かう道路から、門戸厄神への参道が伸びている。参道の入り口にある一対の大きな石燈籠は、地震で崩れ落ちたままになっていた。燈籠を形作っていた四角い屋根型や球体の石が、道路上に無造作に転がっている。私は子供の時に父から、

「燈籠は石を積み重ねただけのものだから、上ったら危険だ」

と言われていたのを思い出した。墓石や燈籠が倒れるのは震度六以上とされている。だから、この辺りはすさまじい揺れに襲われたのだろうということが想像できた。

その後も、私は大分に単身赴任中の夫が帰ってこない休日を利用して、電車好きな長男と次男を連れて、子供の頃に住んでいた阪神地区の鉄道乗り回しや、再び開園した須磨水族園や王子動物園、宝塚ファミリーランドや阪神パークの遊園地を訪れた。

ＪＲ神戸線沿線では、彼岸の季節には更地になった家の一角で、喪服を着た人たちが敷地の片隅に花瓶に生けた花を供えて合掌している姿を見た。かつては大きな家が立ち並んでいた地区である。おそらく震災で家が全壊し、家の下敷きになって亡くなった家族がいるのだ

ろうと推察した。尼崎市内では一階の駐車場の部分の柱が折れて駐車中の車が踏みつぶされた甲虫類のようになったマンション、建物が大きく傾いたままになっている工場がまだ残っていた。神戸市内の長田駅付近では、乗っていた朝鮮学校の生徒さんは一様にお通夜のように沈んだ表情をしていた。男の子は七つボタンの詰襟の、女の子は黒いチマ・チョゴリの制服を着ていたので、高校生だろうと推測された。この子たちも被災者で、きっと大変な思いをしているのだろうと思った。

阪急神戸線等では、新開地駅等全壊したため一年以上停車せずに通過する駅があった。須磨水族園では、震災による停電のため半数以上の生き物が死んでしまい、後に各地から寄付された生き物が展示されていた。王子動物園の動物は無事だったが、動物園の構内は救援に駆け付けた各地の自衛隊が自営する基地となったようで、しばらくの間休園となっていた。

震災の翌々年の秋、夫と私は二人の息子を連れて神戸市内の再度山《ふたたびさん》にハイキングに出かけた。被災地では、震災の傷跡が残っている。あちらこちらに青いシートが掛けられた家々がある。三宮の駅前はきれいになっていたが、少し奥に入ると壊れたシャッターと壁に大きな亀裂の入ったビルがひっそり建っている。ＪＲの沿線では、かつて住宅の立ち並んでいたあたりは更地になっていた。

ハイキングの途中で出会った地元の人たちは親切だった。どんぐりを拾い集めていた息子たちに、椎の実を拾って渡してくださった高齢者もいた。

再度山大龍寺の境内のベンチで、正午過ぎに、私たちは持って行ったサンドイッチを食べた。境内では寺の住職さんが、何の内容か知らないが中年の男性から取材を受けていた。そのすぐ側には墓地があり、新しい墓石が並んでいた。住職さんは私たちを一瞥し「時々こういう人たちがいる」と言った。

私はサンドイッチを食べていた時、強い視線を感じた。墓地の隅に作業服を着た六十歳前後の色の黒い男性が立ち、射るような視線を私たちに向けていたのである。夫や子供たちは全然気づいていない。自分たちが大変な思いをしているのに、こいつらは楽しそうに弁当など食べているなんて、怪しからん、と怒っていたのかもしれない。ただ私は、その男性の眼に深い悲しみが込められているように思えた。震災で、私たちと同じ年頃の子と孫を失ってしまった人なのかもしれなかった。しばらくして目を上げると、その男性の姿はなかった。


被災地である神戸市、芦屋市、西宮市には教育熱心な家庭が一定数存在し、中学校から地元の有名私立校に進学する子も少なくなく、中学受験のための進学塾が昔からあった。阪神間における中学受験の頂点（最も偏差値が高い）は、灘中学校である。週刊誌ＡＥＲＡに当時掲載されていた記事から知ったことであるが、震災が起こってしばらくの間、灘中・高校の体育館は、被災した方のご遺体の安置場となっていた。神戸市からの依頼を受けて体育館を遺体安置場として提供したそうである。

震災発生時に保育園児だった私の二人の息子は、後年中学受験をした。二人とも、受験日が重なっていた灘中学校とは別の学校を受験して進学したが、私は合格した長男にこう言って聞かせた。

「あんたは灘中には行かなかったけど、もし灘中の体育館を訪れることがあったら、阪神淡路大震災で犠牲になった多くのご遺体が安置されていたことを思い出して、心の中で手を合わせてほしい」

と。長男も次男も今は成人して社会人として生活しているが、私のこの時の思いをどうか忘れないでいてほしい、と願っている。


震災から二十五年経った二〇二〇年現在、私が子供の頃住んでいた町には震災後建てられた家やビルが並んでいる。町には外見上震災の傷跡は見られないが、被災された方々やそのご親族の心中からは、震災の傷跡は消えていないのではないかと思う。私は被災者ではないが、幼い頃に住んでいた町が震災によって壊れたという事実があり、ここに記録を留める。

第二節　東日本大震災と原子力発電所事故

二〇一一年三月十一日十四時四十六分、平成二十三年（二〇一一年）東北地方太平洋沖地震（東日本大震災）が発生した。津波のために被災地では普通の生活が奪われ、死者・行方不明者は二万二千人以上と多くの貴い人命が失われ、太平洋沿岸の町が根こそぎ壊れた。地震に伴って発生した津波による浸水・停電のため、福島第一原子力発電所の六基の原子炉のうち三基（一・二・三号機）で原子炉の炉心溶融が発生、四号機建屋で水素爆発が起こり、大量の放射性物質が大気や海に放出され、震災の被害が複雑になった。

江戸時代には戦乱は起こらなかったが、大きな天災が相次いだ。慶長三陸地震、元禄関東地震、宝永地震、富士山の噴火、八重山地震、寛政地震、安政東海地震、安政南海地震等、大地震や火山の噴火、大津波が度々発生している。一八八五年の安政江戸地震の後、「鯰絵」が流行った。当時の江戸の人は、地中に大きな鯰がいて、その鯰が動くために地震が発生すると考えていたようである。

この江戸時代の大地震を想起させるような大地震が、平成の時代になって発生したのである。

【東日本大震災の概要】

〈地震の概況〉

○発生年月日　平成二十三年三月十一日十四時四十六分
○震源　三陸沖（北緯三八・一度、東経一四二・九度、牡鹿半島の東南東一三〇キロメートル付近）
○震源の深さ　二十四キロメートル
○地震の規模　マグニチュード九・〇
○最大震度　震度七

〈津波の概況〉

○津波　三月十一日十四時四十九分 津波警報（大津波）を発表、津波の観測値（検潮所）相馬 最大波十五時五十一分 九・三メートル以上 等
○流出・冠水等被害推定面積　二万三六〇〇ヘクタール

〈被害状況〉

○死者 一万九六八九名、行方不明者 二五六三名、負傷者 六二三三名
○住家被害　全壊 一二万一九九五戸、半壊 二八万二九三九戸、一部破壊 七四万八一〇九戸
○全国の避難者　五万一七七八名
○ライフライン被害（ピーク時） 水道断水 約二五七万戸、ガス供給停止 約四六万戸、停電 約八四二万戸以上、電話不通 一九〇万回線超

○被害総額　約十六兆九〇〇〇億円

【東京電力福島第一原子力発電所事故の概要】

①経過（二〇一一年三月十一日〜九月十一日）

三月十一日

・十四時五十八分　東日本大震災発生。

・十五時三十七分頃　津波到来により浸水、電源消失。

・原子力緊急事態宣言。半径三キロメートル圏内に避難指示。半径一〇キロメートル圏内に屋内避難指示。

三月十二日

・十五時三十六分　一号機水素爆発。

・避難指示を半径二〇キロメートル圏内に拡大。

三月十四日

・十一時一分　三号機水素爆発。

三月十五日

・六時十四分頃　四号機原子炉建屋水素爆発。

・午前　二号機圧力容器内の水位が低下し、炉心の損傷、水素発生。二号機建屋より大量の放射性物質を放出。

四月二日

・半径二〇～三〇キロメートル圏内に屋内避難指示。

四月十二日

・二号機取水口付近から高濃度放射能汚染水が海に流出。

四月二十二日

・原子力保安院、国際原子力事故評価尺度（ＩＮＥＳ）のレベル7と評価（一九八六年のチェルノブイリ原発事故と同じ最高レベルの深刻な事故）

・政府が半径二〇キロメートル圏内を警戒区域に指定。計画的避難区域と緊急時避難準備区域も指定。

五月十一日

・三号機取水口付近から高濃度放射能汚染水が海に流出。

五月十二日

・一号機の炉心溶融（メルトダウン）確定。

五月二十四日

・二号機、三号機の炉心溶融（メルトダウン）の可能性。

六月七日

・政府が国際原子力機関（IAEA）に報告書提出。

八月二十六日

・政府が敷地外の除染基本計画を決定。

②放射性物質の放出量

〈大気への放出量（推定）〉

○ヨウ素131の総量　約一〇〇～五〇〇ペタベクレル（一ペタベクレル＝十の十五乗ベクレル＝一千兆ベクレル）

○セシウム137の総量　六～二〇ペタベクレル

〈海洋環境への直接の放出量（推定）〉

○セシウム137の総量　約三～六ペタベクレル

○ヨウ素131の総量　一〇～二〇ペタベクレル

〈大気中に放出され海洋上に拡散した放射性核種が、海洋表面へ沈着することによる放出量（推定）〉

○セシウム137　五～八ペタベクレル

○ヨウ素131　六〇～一〇〇ペタベクレル

（一）大地震の発生

二〇一一年三月十一日の午後、高槻市保健所保健衛生課検査係に在籍していた私は、若い同僚とともに大津市役所の一会議室にいた。この日は、大津市、西宮市、高槻市、奈良市の中核市保健所の検査部門の意見交換会に出席していた。会議中、私たちは波長の大きなゆっくりした揺れを感じた。揺れはゆっくりしていたがかなり強く、遠方で大きな地震が発生したのだと私は思った。出席者の中で、過去に阪神淡路大震災を経験した西宮市の職員だけは落ち着いて着席していたが、それ以外の出席者はざわざわとしていた。主催市の大津市の職員の一人が会議室の外で同僚から情報を得て、

「東北地方で大きな地震が発生した。マグニチュード九・〇」

と出席者に教えてくれた。しばらく様子を見ていたが、震源地が遠く、大津市では余震を感じなかったので、会議は予定通り進行して無事終了した。

当時、私の夫は東京に単身赴任しており、次男は東京大学理科一類の一年生であった。会議後、自宅に直帰した同僚と別れ、私は職場に戻った。

「ここでも相当揺れたよ」

定時の勤務時間を過ぎて保健所に残っていた職員が教えてくれた。夫と次男の携帯に何度

も電話したが、全くつながらない。私は夫と次男が東京にいることを理由に、職場で情報を収集した。震源は三陸沖にあり、地震の直後に大津波が発生し、岩手県陸前高田市や大槌町等三陸沿岸の町を根こそぎ破壊する大きな被害があったことがわかった。

私は帰宅し、家にいた長男とともにさらに情報収集をすることにした。帰宅してつけたテレビの画面は、恐ろしい光景を映し出していた。上空から撮影した沿岸の都市に黒っぽい津波が押し寄せる様子は、子供の時によく観察していたマンホールの蓋の上の砂粒に水が押し寄せて流していく様子に似ていた。現地では大変なことが起こっているのが想像できた。そして、気仙沼の町全体が燃えている映像が目に入った。もしや気仙沼は全滅したのではないか、と思ったが、後日逃げて無事だった市民の存在を知ることができた。

この日に福島第一原発事故で原子力緊急事態宣言が発出されている。しかし、この時点では、津波で二万人を超える死者・行方不明者が出ていること、東京電力福島第一原子力発電所が津波のために停電したことが原因となり、炉心が溶融したことに気づいていなかった。

翌日になって、やっと東京にいる夫や次男と連絡がついた。夫は東京駅に近い財閥系の化学会社の本社にいた。地震が発生した時、建物全体がゆっくりした周期で大きく揺れ、床の上をキャスター付きの椅子が揺れに合わせて部屋の端から端まで動いていたのを見ていたこと、交通機関が麻痺したため社員全員が帰宅難民となり、女性社員は会議室に泊まり、男性社員は事務所で一晩を明かしたことを教えてくれた。次男はテニスのサークルの合宿で栃木

県にいて、

「地震が起こった時、テニスのコートの上にいた。一番安全な場所だから大丈夫と思った」

と呑気なことを言っていた。その後、

「携帯に、千葉で工場が爆発して有毒物質が空中に飛散した、というメールが来て、そのあとにさっきのニュースは嘘だというメールが来た」

と教えてくれた。既に流言飛語が飛び交っていたようである。


京都大学農学部の学生三名が、卒業旅行で訪れていたと思われる仙台空港でレンタカーを返却している最中に津波に遭って亡くなった。ニュースで大きく報道されることはなかったが、親御さんは胸の潰れる思いであっただろうと思う。長男は同じ大学の工学部四回生だったが、亡くなった学生とは面識がなかった。ただ、卒業式は「派手なパフォーマンスは禁止」の上で開催され、犠牲になった学生のために出席者全員が黙祷したという。

潮の力は強い。たとえ水深が膝までであっても、潮力で波が急に引いたらその力で転倒して命を失うことがある、と言われる。幼い頃からずっと京阪神地区に住み、海と言えば大人になるまで穏やかな瀬戸内海しか知らなかった私は、外洋（太平洋や日本海）に面した海岸の波の荒さについては大人になって初めて知った。

津波では、阪神淡路大震災で亡くなった人よりはるかに多い人が命を失った。その中には、津波に流される最後の瞬間まで町民に避難を呼びかける放送をしていた若い女性職員や、本来ならばすぐにでも高いところに逃げなければいけないのに避難を躊躇している間に津波にさらわれて命を失った小学生及び学校関係者がいる。テレビ等で毎日映し出される被災地の映像は、想像を絶するものだった。波が引いた後、町はぐちゃぐちゃに壊れ、かろうじて残ったビルの屋上に大きな漁船が乗っている。津波では建物等と人とが一緒に流されたから、損傷の激しい遺体も少なくなかったと伝え聞いている。

当時の天皇(現・上皇)と皇后(現・上皇后)が被災地を慰問し、多くの人々の命を奪った海に向かって深々と頭を下げて黙祷している場面が私には強く焼き付いている。また、震災が起こった年の十一月にブータン王国の若くて容姿端麗な国王夫妻が来日し、ご本人たちの希望で被災地を訪れ、やはり海に向かって黙祷したと伝えられている。海のないヒマラヤの小国であるブータンの国王夫妻は敬虔な仏教徒（日本の大乗仏教とは異なる小乗仏教）であろうと想像するが、町と人を根こそぎ奪った海に対してどのような思いを抱いたのだろうか。

被災地から遠く離れた大阪府北部の高槻市でも、大阪府の指令を受けて被災地に職員を派遣することになった。最初に派遣されたのは救助に従事する消防士であったが、悲惨な場面に遭遇することがあった、と聞く。その後、保健師や土木職、水道関係の職員らが派遣されることになった。保健師（かつては保健婦と呼ばれていた）の殆どは女性で若い人も多かった。しかし、管理職の心配をよそに「私が行きます」と真っ先に手を挙げた若い女性保健師がいて、その人が高槻市の保健師として最初の派遣者となった。

　薬剤師である私は被災地派遣の対象にならず、かねてからの異動希望がかなって二〇一一年の三月末に保健所を去り、四月一日から環境部環境政策室環境保全課に異動し、環境科学センターで水の分析を担当することになった。同時に一九九二年一月より単身赴任して週末ごとに家に帰って来るという生活を続けていた夫も、異動希望がかなって大阪に戻って来た。大阪に戻る夫は、震災による影響を受けた東京の本社の人から羨ましがられたそうである。それから二年後に夫は子会社に出向して再び単身赴任生活に戻るのだが、子供も大きくなってやっと落ち着いた生活ができるのかな、と私は期待した。だが、必ずしもそうはいかなかった。


　阪神淡路大震災の時もそうだったが、連日のように東日本大震災と福島原子力発電所の被災状況の報道がされていた。私の住む関西は被災地の東北から地理的に遠く、私の周囲に東北出身者や被災した人がいなかったこともあり、私は冷静に連日の報道を見聞していた。東京には全国から人が集まるのだが、関西には主として西日本出身者が集まるのは事実である。息をのむような惨状と混乱の中で、被災者と様々な対応に当たった現地の担当者の大変さを想う。

　関東地方の筑波や東京近辺には時代の先端を行く研究機関が多く集まっているが、震災に伴う停電等のために損害を受けた。冷凍保存した貴重な生物資源が大量に失われた研究所もある。筑波にある国立研究開発法人国立環境研究所（前身は国立公害研究所）ではいち早くプロジェクトチームを立ち上げ、「災害環境研究」という新しい分野で復興に向けた研究が開始された。

震災や福島の原発事故がきっかけで故郷を離れた人も少なくない。全国各地の自治体が提供した公営住宅の空き室に被災者が受け入れられ、中には家族が離散した家庭もあったと聞く。

（二）福島第一原子力発電所事故の影響

一九八六年四月二十六日にソビエト連邦（ソ連）で発生したチェルノブイリ原子力発電所事故は、これまでに発生した原子力発電所事故では最悪の事故で、運転員が数々の規則違反をしたことが原因とされており、事故が直接の原因となる死者が出ている。周辺住民は強制移住させられ、半径三十キロメートル以内が立ち入り禁止区域となった。石棺が建設されて原因となった原子炉は封鎖された。現在でも強い放射能が残っていると推定されるが、住民がいなくなった周辺地区は既に野生動物の王国と化している。ソ連では一九八五年にミハイル＝ゴルバチョフが最後の最高権力者（書記長）に就任し、ペレストロイカを推進したが、世界最大の国であったソ連は一九九一年十二月二十五日に崩壊した。チェルノブイリ原発事故はソ連崩壊につながったという見方がある。

福島第一原子力発電所事故は、東日本大震災で発生した津波のために敷地が浸水して電源を喪失したことが直接の原因である。事故発生時現地にいた吉田所長をはじめとする職員は、死と隣り合わせの極度の緊張の中でできる限りにおいて最善を尽くしたため、幸い死者は出なかった。しかし、六基ある原子炉のうち三基で炉心溶融が起こり、四棟の建屋で水蒸気爆発が起こって大量の放射性物質が環境中に放出され、周辺住民は避難指示のもと、それまで穏やかに生活し手塩にかけて作物や家畜を育てた土地から離れざるを得なくなった。チェルノブイリ原子力発電所事故と同様「深刻な事故」（ＩＮＥＳの尺度で最高レベルの７）と分類されている。

放出された放射性物質のうち、ヨウ素１３１の半減期は約八日、セシウム１３４の半減期は２・２年、セシウム１３７の半減期は約三十年であり、環境や食品中に残存する放射性物質としてはセシウム１３７が重要になる。これらの物質はγ（ガンマ）線を放出するため、放射線量の測定にはγ線を測定するゲルマニウム半導体検出器（食品、環境中の微量の放射線量を測定）、Ｎａ（Ｔｌ）スペクトロメータ（空間放射線量モニタリングポストに用いられている）、Ｎａ（Ｔｌ）シンチレーションサーベイメータ（運搬や測定が容易であり、空間放射線量を測定）等を用いる。

大気中に放出された大量の放射性物質はやがて降雨とともに土壌や河川、湖沼、海水に降り注ぎ、事故により海水中に流出した放射性物質ともども農作物や魚介類、食肉等を汚染した。また、東北地方や関東北部を中心に各地の水道の水源地が汚染された。そのため、国は暫定規制値を定めて水道水や農産物、魚介類、畜肉等食品の規制をするようになった。水道水については東京都等で飲用制限を伴う給水が行われた。放射性物質が降り注いだ地域の拠点に放射性物質の測定機器が設置され、農産物や魚介類、食肉等の検査が連日行われた。やがて暫定基準に代わってより厳しい新基準値が定められた。食物連鎖により生体濃縮が行われることもあり、キノコ類やヒラメ等の底生魚を中心にしばらくの間基準を上回る放射能が検出された。収穫しても基準を超える放射能が検出されたため大量に廃棄せざるを得なかった農業関係者や漁業関係者の心情は察して余りある。しかも被災地の人たちは風評被害に長期間苦しむことになった。おぞましい限りである。

セシウムは周期律表の第1族に属し、カリウムと同様の化学的性質を持つ。従って、カリウム含量が多いとされているキノコ類に多く含まれるようになってしまったようである。また、降雨等により森林に降り注いだセシウムはやがて土壌の表面に吸着し、土壌や水中で自由に拡散して汚染を広げる危険性はほぼないことが分かって来た。

だが問題は、放射性物質に汚染された災害瓦礫や土壌等の除去（除染）である。高濃度の放射性物質を含む瓦礫や土壌は仮置き場で保管し、三年後を目途に中間貯蔵施設に搬入して保管する。中間貯蔵開始後三十年以内に最終処分を行うロードマップが国によって示された。しかし実際には、中間貯蔵施設の設置はどこでも歓迎されず、必ず強い反対が出る。また放射性物質の濃度が低い或いは殆どないと考えられる災害瓦礫は被災地以外のごみ処分場で焼却処分ができることとされた。災害瓦礫を焼却するには、ごみ処分場（工場）の焼却炉にバグフィルターと呼ばれるセシウムを吸着する設備が必要である。災害瓦礫を受け入れた自治体は非常に少なく、最初に受け入れた北九州市は苦情対応も含め事務量が増大し、通常の業務が遅れたと聞き及んでいる。

かつて冷戦の中で米国とソ連が競い合うように核実験を繰り返した。一九六六年のある日、私は小学二年生だったが、小学校で「今日は〇〇が核実験をしました。雨に濡れると放射線に被曝するから必ず傘をさしてください」という趣旨の校内放送が流れていたのを覚えている。放送したのは上級生ではなく先生だった。それがいつの間にか、「核実験のあった日に雨に濡れたら死ぬ」というデマに置き換わっていたように思う。だが雨に濡れても何の異常も起こらなかった。

「日本の環境放射能と放射線」によると、核実験が繰り返されていた時代には、空間放射線量は確かに高めであったが、一九八一年以降大気圏内核実験が停止されたため、セシウム１３７の濃度は減少した。しかし、一九八六年に発生したチェルノブイリ原子力発電所事故の影響により一時的に増加した。それ以降、大気浮遊じん中のセシウム１３７の濃度は、一九七〇年代の二十分の一程度のレベルで推移していたが、二〇一一年三月以降、東京電力福島第一原子力発電所事故の影響とみられるセシウム１３７の濃度の増加が観測されている。

福島第一原子力発電所については、廃炉が決定した。だが、事故を起こした原子炉の周辺には未だに致死量を超える強い放射線が残っており、作業は難航している。また、立ち入り禁止区域ではチェルノブイリと同様、野生動物の増加が報告されている。

(三) 空間放射線量の測定

高槻市では福島第一原子力発電所事故の後、市民や各種団体からの、食品や給食の安全性や空間放射線量等の放射線の影響に関する問い合わせが明らかに増加した。食品衛生を管轄している保健衛生課（保健所）や環境監視や公害を管轄している環境保全課（市役所本庁の環境部局）等だけでなく、出先である環境科学センターも例外ではない。高槻市では、食品や給食の食材の放射性物質は大阪府立公衆衛生研究所に依頼して測定することになった。また、ごみ焼却施設の構造上の問題から災害瓦礫の受け入れは行わなかった。

私は報道や国や研究機関のホームページ（ＨＰ）を毎日のように閲覧するだけでなく、大阪府立公衆衛生研究所での研修に参加して専門家に質問したり、国（食品安全委員会等）や国立環境研究所等研究機関や学会が主催するシンポジウムや講演会を聴講したりして、情報収集をした。今ではリンク切れになり或いは入手が困難な資料もあるが、震災発生後七か月余りの間の情報収集の結果をまとめてパワーポイントで資料を作成し、二〇一一年十一月二十二日に課内研修の場で発表した。内容は以下のとおりである。

Ⅰ　東日本大震災と福島第一原子力発電所事故
　Ａ　東日本大震災
　Ｂ　原発事故
Ⅱ　放射線に関する基礎知識
　Ａ　語句の説明
　Ｂ　環境及び健康に対する影響
　Ｃ　放射線測定機器（γ線を中心に）
Ⅲ　放出された放射性物質による汚染及びその対策
　Ａ　放射性物質による汚染について
　Ｂ　除染及び今後の対策
Ⅳ　参考資料

まだ明らかになっていなかったこと、自分で理解が不十分だったことがあり厳密にいえば不正確な部分もあったかもしれないが、時節柄、環境保全課の人たちは興味を持って聴いてくれたようである。

市町村で災害が起こった時、最初に対応するのが危機管理部門である。高槻市では危機管理部門は当初危機管理課であったが、震災をきっかけに危機管理室に格上げとなった。咄嗟のことに迅速に対応できるように消防士出身の人が多い部署であったが、こちらにも放射能についての問い合わせが殺到した。ある人が何度も長時間の電話をしてくるが、専門外の事なので答えられず、困り果てた危機管理課の人に頼まれて私が対応したこともある。時間外の午後五時半から八時まで二時間半ありあわせの知識で質問に対して答えたが、その人は「もういいです」と言ってそれ以降電話をしてこなくなった。

高槻市では、食品関係の放射性物質の検査は外部に委託して始められていた。大阪府下で大気中の放射性物質（空間放射線量）の測定を開始した自治体があった。市会議員の中に「高槻市でも空間放射線量を測定すべき」と主張する人がいた。

二〇一二年三月に滋賀県より、福井県内の原子力発電所において、東京電力福島第一原子力発電所事故と同等の事故が起こった場合の放射性物質拡散予測に関する情報が公開された。

この情報によると、大阪府域において、大飯原子力発電所で同様の事故が起こった場合、気象条件により、高槻市北部地域を中心に放射性ヨウ素による影響（五〇ミリシーベルト以上一〇〇ミリシーベルト未満）の影響があるとされている。

大阪府では、放射線水準調査において、二〇一二年四月にモニタリングポストが新たに五か所新設された。高槻市の近隣では茨木市内（大阪府茨木保健所）に設置されているが、高槻市域内では観測されていない。そのため、原子力発電所事故等に備え、市民の安全・安心に資するため、危機管理課で新たに購入した測定機器（シンチレーションサーベイメータ）を用いて、二〇一三年二月より市内九か所で三か月に一回、空間放射線量の測定を行うことになった。空間放射線量測定の目的・方法・場所に関する起案等実際の作業は私が担当し、測定作業は環境科学センターの職員が担当することになった。

実際に空間放射線量の測定を始めると、某市会議員や某団体から空間放射線量測定に立ち会いの申し出があったため、市役所の駐車場での測定を公開することにした。議員対応は課長に、某団体の人たちの対応は環境科学センター所長にお任せすることにし、私は測定に専念することにした。某団体の人たちは私より明らかに世代が上で、おそらく公害問題が大きかった時代から市民運動をしていた人たちではないかと思われた。

だが、測定を開始して二年ほど経つと、空間放射線量の測定に立ち会う人はいなくなった。

私は、地球の自転の関係で東風より西風（偏西風）の方が多く、強い東風が吹くのは台風の接近時くらいだと思っていた。だから、福島第一原子力発電所事故により大気中に大量に放出された放射性物質が風に乗って、大阪府北部に位置する高槻市に大量に降下することはまずない、と考えていた。もともと放射能に敏感に反応する人は少なくないが、「簡易な放射線測定機器を用いて空間放射線量を測定しましょう」という一種の流行の賞味期限が過ぎたのだろうか。釈然としない思いが残った。

第三節　大阪府北部地震と平成三十年台風二十一号

二〇一八年（平成三十年）は、私にとっては現役最後の年であったが、身近で災害の多い年でもあった。阪神淡路大震災も東日本大震災も幸い私には直接被害はなかったが、この年には被災地の自治体の職員としての対応をすることになった。

【大阪府北部地震の概要】

〈地震の概況〉

○発生年月日　平成三十年六月十八日七時五十八分

○震源　大阪府北部（北緯三四・八度、東経一三五・六度）
○震源の深さ　十三キロメートル（暫定値）
○地震の規模　マグニチュード六・一（暫定値）
○最大震度　震度六弱

〈被害状況〉

○死者　六名（うち高槻市二名）、負傷者　四六二名
○住家被害　全壊　二十一戸、半壊　四八三戸、一部破壊　六万一二六六戸
○ライフライン被害（ピーク時）　水道断水　約九・四万戸、ガス供給停止　十一万一九五一戸、停電　十七万件、電話不通　約一万五〇〇〇回線

【平成三十年台風二十一号の概要】

〈気象の概況〉

○台風第二十一号は九月四日十二時頃、非常に強い勢力で徳島県に上陸した後、速度を上げながら近畿地方を縦断した。その後、日本海を北上し、九月五日九時に間宮海峡で温帯低気圧に変わった。
○台風の接近・通過に伴って、西日本から北日本にかけて非常に強い風が吹き、非常に激しい雨が

降った。特に、四国や近畿地方では、猛烈な風が吹き、猛烈な雨が降ったほか、これまでの観測記録を更新する記録的な高潮となったところがある。

〈大雨の状況〉

○主な一時間降水量（アメダス観測値）

高知県　安芸郡田野町　田野　九二・〇ミリ（九月四日十時一分まで）ほか

○主な二十四時間降水量（アメダス観測値）

愛知県　北設楽郡豊根村　茶臼山　三五四・〇ミリ（九月五日四時〇分まで）ほか

〈強風の状況（九月三日〇時～九月五日二十四時）〉

○主な風速（アメダス観測値）

高知県　室戸市　室戸岬　四八・二メートル毎秒（西）（九月四日十一時五十三分）ほか

○主な瞬間風速（アメダス観測値）

大阪府　泉南郡田尻町　関空島　五八・一メートル毎秒（南南西）（九月四日十三時三十八分）ほか

〈波浪・潮位の状況〉

○主な波浪最高値

和歌山県　潮岬　十二・五メートル（九月四日十二時二十分）ほか

○主な最高潮位（波浪の影響による短周期変動を除去した値）

大阪府　大阪　標高三・三メートル（九月四日十四時十八分）ほか

〈被害状況〉
○死者 十四名、負傷者 九五四名
○住家被害　全壊 二十六戸、半壊 一八九戸、一部破壊 五万八三戸
○ライフライン被害（ピーク時） 水道断水 二万九〇一七戸、バルブ閉止によるガス供給支障 七十七戸、停電約二四〇万戸（全域で停電した北海道を含む）、電話不通 約一四〇〇回線

（一） 大阪北部地震

二〇一八年六月十八日の朝、私はいつものように自転車で出勤していた。芥川に架かる次郎四郎橋の袂にある集落に差し掛かる交差点で、私は強い揺れを感じた。高槻市の南部を震源とする大阪府北部地震だった。この地震での高槻市の被害状況については、発生一年後の令和元年（二〇一九年）六月十五日に関西大学高槻ミューズキャンパスで開催された防災講演会で、市の幹部により、こう報告されている。

「発生は二〇一八年六月十八日午前七時五十八分。震度六弱。マグニチュード六・一。死者二名。負傷者四十名。全壊十一棟、大きな半壊 二棟、半壊 二四七棟、一部損壊 二万二五一五棟。通信停止及び停電は二時間。断水 八万五九〇〇戸、復旧は二日後。ガス停止 四万

五七四五戸、復旧は六月二十四日。地震発生当日は周辺の鉄道は麻痺し、帰宅難民が発生した」

隣の茨木市では、モノレールの乗り継ぎ駅である阪急南茨木駅は損壊が激しく、当日は電車が通過するだけだった。なお、初めて被災したモノレールの復旧には一週間以上の日を要した。当日大阪市内の会社に出勤して社内で大きな揺れを感じた次男は、会社の人の車に送られて帰宅した。

私は、小学四年生だった女の子が登校中にブロック塀の下敷きになって亡くなった、寿栄小学校の前を通り過ぎていた。次郎四郎橋の手前の集落では、土塀やブロック塀が倒壊したり傾いたり、屋根瓦がずれたり破損して落下している。壁には大きな亀裂が走り、一部の壁や漆喰が落ちて木材や土壁がむき出しになっている。また一部の墓石が倒れたり、とその横を通っていなくてよかった、という状況だった。次郎四郎橋を渡った後に通った団地の前では、登校中の小学生の男の子がこんなことを言っていた。

「どうせ学校に行ったって、すぐに帰るだけや」

小学生にもツワモノはいるんだ、と私は感心した。

職場である浄水管理センターでは、いつもは閉じてインタホン越しに開門してもらうはずの西門（通用門）や北門（正門）の門扉が全開となっていた。尋常ではない災害が起こったためである。震度五強以上の地震が起こった場合は、高槻市の市職員は全員がそれぞれ割り当てられた対策部門に出勤する決まりになっていた。市全体では、一部の市職員は方面隊として市内各地に設営された避難所の運営に当たることになっていた。

　私が出勤した時には、職員は半数もいなかった。水質チームでは、いつも早くから出勤している市外在住のチームリーダーしかいなかった。チームリーダーは試験室内を一通り確認していた。幸い停電はなかったが、強い揺れのため浄水工程は止まっていた。当日有給休暇を取得していたはずの職員も出勤していたが、電車で市外から通ってくる職員も少なくない。浄水管理センターの職員全員が揃ったのは午後になってからだった。浄水場の監視業務等一部の業務を委託しているA社の担当社員も集合した。

「地震が起こった時、縦揺れがひどくて、建物全体が大きな振盪機にかけられたようだった。揺れが続くようなら机の下に潜り込もうと思っていたけれども、幸い縦揺れだけだった」

　チームリーダーはそう言った。私はすぐ後に出勤してきた若い職員と手分けして水質試験室内の機器や薬品、器具や建物の外のボンベ庫のガスボンベの状況を確認した。ガスボンベは固定されてあり、薬品棚やガラス器具は無事だった。冷蔵庫類も倒壊はなく無事だった。ガスクロマトグラフ質量分析装置（GC—MS）や誘導結合プラズマ質量分析装置（ICP—MS）、高速液体クロマトグラフ（HPLC）、イオンクロマトグラフ（IC）、全有機炭素定量装置（TOC計）、超純水製造装置等の高額な分析機器は幸い無事だった。ただし、地震の揺れのために倒れた純水製造装置、自動滴定装置等三つほど故障した機器もあった。

水質試験室の確認が終わると、既に浄水工程の立ち上げが始まっていた。水質チームでは、浄水工程立ち上げのための水質検査、市内各地で発生した漏水や水道施設の水道水の検査等、次から次へと運び込まれてくる水の検体の検査に追われることになった。自動滴定装置が故障して使えなくなったので、チームリーダーは大学の分析化学の実習みたいにビュレットを持ち込んで手動で滴定をし、電気伝導率を測定した。電気伝導率の値の高低で、その水が自己水（浄水管理センターのある大冠浄水場で地下水より製造した水道水）か企業団水（淀川の対岸にある枚方市内の大阪広域水道企業団村野浄水場で淀川の水より製造した水道水）か判定できるのである。所長やチームリーダーの指示で、一部の職員は浄水工程の立ち上げ、応急給水活動に携わることになった。エレベーターが使えないので、三階の水質試験室まで若い職員が階段を上り下りして走って運んできた検体を私は分析していたが、とうとう若い職員が疲れ果て、バケツにロープをつけて水を入れたボトルを引っ張り上げるという原始的な方法で検体を輸送することになった。

浄水管理センターの外部では、淀川にかかる水管橋の空気弁から漏水して水が噴出していた。淀川の向こうの大阪広域水道企業団（企業団）村野浄水場の浄水工程が停止しており、水道水（企業団水）を製造できない状況だった。高槻市内の下田部町では企業団水を供給する古くて太い水道管（給水管）が破損して水が噴き出し、道路が水浸しになって通行止めとなっていた。市内各所で家屋の損傷があり、やがて屋根にはブルーシートがかけられた多くの家屋が出現する（ブルーシートが不足してグリーンシートの場合もあった）。給水管の損傷のため、配水池に貯蔵された水道水がなくなると、市内各地で断水が発生した。所長が中央監視室で配水池の水量を確認しながら「水がなくなる」と繰り返し言っていた。そして、夜八時までには市内の多くで断水となり、駆け付けてくれた近隣自治体の水道事業体や自衛隊等による応急給水活動が始まった。幸い山間部は無事だった。

地震当日は、浄水管理センターの職員も次々発生する事態に対応すべく走り回っていた。断水が始まると浄水管理センターにも問い合わせの電話がひっきりなしにかかってくるようになった。パソコン（ＰＣ）やスマホを持たず、状況が確認できない高齢者もいる。トイレが使用できない、広報車やハンザマストの音声が聞き取れない、どこで給水してもらえるのか、という問い合わせや苦情が殺到した。地震発生後、ＳＮＳで「浄水管理センターでは水をくれる」という間違った情報が発信されたらしく、午前中から浄水場に水をもらいに来る市民たちがやって来た。電話やインターネットでのアクセスが集中するので、他部署との必要な電話連絡も困難だった。また、インターネットで状況を確認しようにも市のＨＰにはアクセスが困難で、全体にどうなっているのか状況把握が困難だった。無線を使用することには知恵が回らないようだった。

浄水管理センターは応急給水地点の一つとなり、水道部の他課から応援部隊がやって来て、給水活動に従事した。他自治体の水道事業体や自衛隊の給水車が全開となった西門（通用門）から次々に入って来て浄水場内のろ過機の前で給水し、西門から出て行った。私は午後十時から応急給水活動に携わることになった。次から次にほぼ手ぶらでやって来る市民に給水袋を配りながら、私には現実感がなかった。見ていると何度も水をもらいにやって来る御仁がいる。給水袋の配布が不公平だと食って掛かる御婦人もいる。浄水場内に給水車も次々と出入りする。車で来る市民のために浄水管理センターのすぐ近くの道や交差点が混雑し、警察の人が来場し、交通量緩和のための依頼が所長にあった。浄水場の北門の近くの会社が自社の駐車場を開放してくれた。近隣の会社の社員さんも「今日は帰れないから」と手伝ってくれたのである。

六月十九日午前〇時。晴れた日で、空には星が輝いていた。火星が大接近していたので、紅い星がひときわ大きく輝いていた。所長が浄水管理センターの職員に、半数は午前〇時から四時まで、残る半数は午前四時から八時までの四時間交代で仮眠をとるよう指示した。所長とチームリーダーは一睡もせずに対策本部とテレビ会議で連絡調整をする等、業務に追われていた。私は午前四時まで西門で寝ずの番をし、夜が白み始めた午前四時に上司に許可をもらって一時帰宅した。

高槻市の南西部にある私の家は高台にあり、幸い無事であった。断水も停電もなく、ガスだけが振動による影響で元栓が閉まっていた。熟睡している次男をほっておいて、私は水シャワーを浴びた後、一睡もせず再び職場である浄水管理センターに向かった。芥川の左岸の一部は亀裂が入り、立ち入り禁止になっていた。企業団の大きな給水管が破損した道路は水浸しで、応急復旧工事が行われていた。交通整理をしていたガードマンが、通りかかったトラックの女性運転手に道路を迂回するようにと言っていた。

地震発生二日目の六月十九日。浄水管理センターでは、多くの職員が朝から復旧活動に携わっていた。水質チームの職員は、一刻も早く水道安全宣言を出すべく手分けして市内各地で採水する等、別部署の職員が搬入する水道水の検査に追われた。昼過ぎ、私は三十代の同僚とともに公用車に乗り、市内の数箇所で採水を行った。浄水場に泊まり込んだ職員もよく眠れなかったようである。同僚は眠いのをこらえて採水が終わった後、コンビニへ遅くなった昼ご飯を買いに行った。

「コンビニは混んでいたけど、おにぎりやパン、惣菜といった目ぼしい食品がない。あるのはお菓子だけ。しかも品数が少ない」

そう言いながら、同僚はお菓子だけを少量買って戻って来た。

大冠浄水場の浄水工程は昨日の昼過ぎには立ち上がったので、自己水の給水はできたのだが、企業団水の復旧は日夜続いていた。被害状況に関する情報が前日より入ってくるようになった。夜間に洗管に行った担当課の職員がよれよれの格好をしていたため、不審者と間違えられ住民によって警察に通報されてしまった、という情報も入って来た。とにかく非常時の仕事に追われて忙しかったのは確かだが、水質検査の結果など記録をする余裕は出てきた。一部の職員は、一日目に引き続き他部署の応援に行ったようである。

通常では水道法で定められた水道水質基準を余裕で満たしている管末の水質モニターの水質検査の値が、一部の水質モニターで水道水質基準を超えていた。水道水質基準を超えておれば安全とは言えないので、お客様に給水することはできない。水道管が破損しておれば修理したうえで、ドレイン（放水）して洗管し、水道水が水道水質基準を満たしていることを水質検査で確認してから給水できるのである。なお、非常時であったから、水道水質基準全項目（五十一項目）を検査する（最低でも一週間はかかる）ことはできない。水質チームでは、水が安全であることを確認するために、人の健康を守る最低限のことが簡易に確認できる項目、即ち味・臭気、遊離残留塩素（細菌の繁殖を防止する）、pH（水素イオン濃度）、色度・濁度、TOC（全有機炭素、有機物のこと）、電気伝導率（水道水以外の水が混入していないか推定できる）の測定をせっせと行っていた。通常ではクリアするべき基準は水道水質基準よりさらに低い値に設定されているのだが、非常時なので水道水質基準を満たすことが当面の目標である。

十九日深夜になり、所長から「終業時から始業時の間で、二交代で仮眠をとるように」と指示が出た。鉄道やバスが復旧していたので、先に帰宅して深夜に再出勤した職員がほぼ半数いた。午後一緒に採水に行った同僚は早々と帰宅し「眠れた」と言って午後十一時半までに出勤してきた。私は、先に帰った同僚が全員戻って来たのを確認してから帰宅した。午後十一時半を回っていた。

地震発生三日目の六月二十日。私は家で熟睡した後、午前八時過ぎに出勤した。午前六時二十五分に全ての非常時の水質検査で水道水質基準を満たしていることが確認され、「水道安全宣言」が出た。企業団水の送水も再開されて断水が解消し、応急給水活動は終了した。二晩徹夜で陣頭指揮にあたっていた所長とチームリーダーは、交代で帰宅した。


地震からほぼ一週間後、今度は「西日本豪雨」による水害が発生し、広島県や岡山県等広範囲で大きな被害が出た。高槻市では西日本豪雨による影響は少なかったと記憶するが、地震直後から開設された避難所が完全に閉鎖されたのは八月三日だった。地震での非常時の対応が落ち着くと、被害の状況がだんだんわかって来た。日を追うに従って、被災した家屋の数が増加した。瓦職人が減少したので、屋根の修理がなかなか進まない。また住民の経済的な事情等もあり、一年後の時点でブルーシートやグリーンシートの家は多数残っている。高槻市では市長の方針で、市内の公共施設のブロック塀が全て撤去されることになった。

九月四日には台風二十一号、九月二十一日には台風二十四号が襲来した。なお、九月六日には平成三十年北海道胆振東部地震（マグニチュード六・七、最大震度七）が発生している。

ずいぶん後になって気がついたことであるが、大阪府北部地震では下水管路や下水処理場は大きな被害がなく機能していたために、上水道が復旧して断水が解消されると水洗トイレの使用や入浴、洗濯等通常の水道水を使用する生活ができるようになった。

阪神淡路大震災で被害の大きかった地区では、長期間水道が使用できなかったため、トイレや入浴等日常生活に大きな支障をきたした。一部の地区ではマンホールトイレが使用された。

東日本大震災の時には、多くの下水処理場が壊滅或いは機能停止となったため、そのような地域では水道が復旧しても下水施設が復旧するまで水道水は使用できない状態が続いた、と聞いている。

（二）平成三十年台風二十一号

二〇一八年九月四日のことだった。台風二十一号が高槻市に襲来したのは昼過ぎだったので、私たち職員は朝から出勤し、管理棟の建物内にいた。だんだん風雨が強くなり、そのうち近くの工場のトタン屋根がはがれてものすごい勢いで飛んで行った。「うわ、飛んどるわ」と私たちは窓の内側から呑気に外を見ていたが、構内に停めたある業者さんの車のフロントガラスに飛んで来たトタンが当たって、フロントガラスを破損してしまった。幸い無人だったためけが人は出なかったが、その業者さんは非常に困ったことになってしまった。

その頃大阪市内のマンションで、窓を突き破って飛び込んで来た飛来物に当たって亡くなった人がいた。これまでにない高潮による被害が大阪府や兵庫県等で報告され、関西空港は浸水した。また、大阪湾に停泊していた大型船（タンカー）が、錨が強風に伴い流されたため、関西空港と本州とを結ぶ関空大橋にぶつかって大破させている。停電や断水が各地で発生し、交通機関が麻痺した。

高槻市内でも夕方になると各地が強風のため停電していた。職場の前の交差点には警官が数人立っていて、手旗信号で交通整理をしていた。交通機関が麻痺したので、私は約五キロメートルの距離を歩いて自宅に帰った。強風のため電柱が傾いてしまった場所は多数あり、また、信号機の位置がずれて、場所によっては青信号と赤信号が並んでしまって危険な場所もあったと聞いている。街はモザイク状に停電していたが、幸い私の自宅は停電せず、他所からの飛来物はあったものの被害はなかった。

台風二十一号による被害は数十年に一度と言われる規模で、高槻市では特に山間部での被害が大きかった。京都大学地震研究所のある山の後ろが、抉り取られたようになっているのが遠景でもわかる。台風の通り道では山肌が抉り取られたようになっており、倒木が多数あり、長期にわたる停電や通信不能が発生し、道路が通行不可となった。山間部の浄水場（樫田、川久保）にはしばらく近づく事すらできず、被害状況の確認すらできなかった。関係者の話によれば、漸く浄水場に入ると、倒木等のために水源に近づくことができなかった。樫田地区では停電等のために浄水場の機能が十数日に渡って停止し、しばらくの期間、市の北部の隣接市である亀岡市からの応急給水活動が続いた。

停電と通信線の遮断のため、機械化された水道水質検査である法定の毎日検査ができなくなった。水質チームの係員が毎日のように手分けして緊急車両しか入れない道路を通って山間部の管末水質モニターまで採水に行き、持ち帰って水質検査を行う日がしばらく続いた。水道部では発電機を運び込んで山間部の浄水場を再開したが、途絶えた通信線を回復し、完全に復電するのに一か月以上の期間が必要だった。

台風で大きな被害を受けた高槻市の山間部（樫田地区、川久保地区）は、激甚災害に指定された。台風の時期が過ぎると、市中心部から山間部を結ぶただ一本の道路（府道）が一時閉鎖され、六十トン級の巨大クレーンが芥川に流れ落ちたままになっていた倒木を百本単位で釣り上げた。台風襲来から一年経っても、山間部にはまだ通行止めになっている道路があり、ひん曲がった木や倒木が多数残っていた。削り取られて剥き出しになった山肌、残された倒木等、台風の傷跡は未だに残っている。台風襲来から二年になる今でも、山間部では倒木の搬出作業が続いている。そして、大雨が降る度に土砂崩れが発生し、道路や林道が不通となることがよくある。

その一方、春になると若葉が芽吹き、無残に剥き出しとなった山肌を少しずつ覆い始めている。植物の生命力は強い。植物は人間とは別の摂理で生きているのを感じる。

第五章　記憶の継承

第一節　幽霊考

　私にとって、幽霊は小さい頃から怖いものの一つだった。大人になっても幽霊やおばけの話を聞くと、怖いもの見たさでつい耳をそばだててしまう現在の私の頭の中では、幽霊は人の形をしており、おばけは人の形をしていない。恨みのある人に取り憑いて命を奪いかねない幽霊が怨霊、ある特定の人に訴えたいことがあって出てくる幽霊が亡霊、姿を隠したり変えたり空間異動をしたりと変幻自在で、人間に対し超能力を発揮する（必ずしも人間にとって良い事とは限らない）おばけが妖怪、と棲み分けができている。

　足のない幽霊を描き始めたのは丸山応挙である、と聞いたことがある。何故なら「足のない幽霊の方が、足のある幽霊より怖く見えるから」なのだそうだ。一九六〇年代の後半、小学生だった私の頭の中では、幽霊は白い左前の着物を着て頭に経帷子をつけ、長い髪の毛を束ねることなく垂らし、手をだらんと前に出して血の気のない怖い顔をして、暗がりから「恨めしや～」とくぐもった声で出てくるもの、という概念が出来上がっていた。私の知り合いの小学生の女の子は「裏の飯屋が恨めしい」と駄洒落を言っていた。

幽霊が出てくる話は昔から珍しくはない。さして読書家ではなかった私が小中学生の時に読んだ作品の一例を並べると、シェークスピアの『ハムレット』（亡霊）、『番町皿屋敷』や『四谷怪談』等のおどろおどろした怪談（怨霊）、小泉八雲の『耳なし芳一』（亡霊）、夏目漱石の『倫敦塔』（幻影）、等がある。五十数年前の夏は、気温が現今ほど高くなく、一般家庭にはクーラーはなく扇風機と蚊帳で十分過ごせた時代だった。テレビでは毎年夏になると「キーハンター」のような人気ドラマでも怪談を放送していた。当時の私は、怖い話を夜見聞すると、その夜は怖くて眠れない情けない小学生だった。オバQ（「オバケのQ太郎」）みたいな間抜けでかわいい幽霊は、マンガの中だけの話であった。

（一）震災と幽霊

二〇一一年三月十一日に東日本大震災が発生してしばらく経った頃、恐山を訪れる人や、被災地で不思議な体験をしたり、幽霊を見た人が増えている、という話を私はマスコミを通じて知った。幽霊の話をすると際物扱いされることがある関西の職場に在籍していたことのある私は、入手できる範囲で資料を収集し始めた。実際にはもっと多くの本が出版され、それ以上に被災地では多くの死者への思いがこもった話が語られているのだろうと思う。『みちのく怪談コンテスト傑作選2011』では、「死者への思いに満ちた怪異譚が語られ始めたのは二〇一一年の秋だったでしょうか」（はじめに）として紹介されている。

亡くなった人の霊に会った、という話もあれば、亡くなった人に夢の中で会った、という話もある。出会って怖い思いをしたという幽霊譚もあるが、亡くなった人に対する想いのこもった切ない話が多い。また、タクシーに乗った人が、その人が亡くなった場所で降りて姿を消す、という話もある。入手できた範囲で、一部の話を以下に引用する。

〈例1〉白い花弁

（『みちのく怪談コンテスト傑作選2011』一四六〜一四七頁より一部抜粋）※津波で父親を失った姉妹の話その1である（著者注）。

大きく揺れた時、私は仙台のアパートにいた。気仙沼の実家にすぐに電話をする。

（中略）

一週間後にようやく繋がった電話で、父がまだ帰ってこないことを知る。（中略）

白い花弁が一房、靴の中に入り込んでいた。真っ白な、今切り取られたばかりのような瑞々しさを保って、そこにあった。（中略）
二週間後、木棺に入れられて、父が帰って来た。（中略）
胸の上に、白い花が添えられていた。それは、靴の中に入っていた、あの花と同じものだった。（以下略）

〈例2〉父の怪談
（『渚にて　あの日からの〈みちのく怪談〉』一四四～一四五頁より一部抜粋）※津波で父親を失った姉妹の話その2である（著者注）。
父が遺体になって帰って来た翌日、私は妹と同じ部屋に寝ることにした。それでもすぐに眠ることはできず、二人でぽつりぽつりと内容のない話をつづけていた。（中略）
朝方になって、妹が飛び起きた。目を見開いて、きょろきょろと辺りを見回している。
「何……どうしたの」
「今、呼ばれた。お父さんに、名前、いつものように、ふうちゃんって」
涙の止まらない様子の妹を部屋に残したまま、一階に下りた。（以下略）

〈例3〉ゆく先

（『みちのく怪談コンテスト傑作選2011』一五〇頁より一部抜粋）※作者が宮城県の沿岸部に住む知人から聞いた話とのこと。この知人の兄は漁師で、津波で行方不明になったとのことである（著者注）。


港の近くを歩いていると、たまに季節はずれにも防寒着を着た人たちに出会うという。夏の暑い日だというのに、洋服を何枚も重ね着して歩いている姿を見かけるそうだ。

「あの日は三月だけど、雪が降るほど寒かったから」

年齢も性別もその時その場所によって違うが、皆一様に、まっすぐ前を見ながら、同じ方向に歩いて行くのだという。

「岸壁まで行くと、ふわって、消えるんだ。どうしてわざわざ海に行くんだろうって、思うけど」（以下略）

〈例4〉枕もとに立った夫からの言葉

（『魂でもいいから、そばにいて　3．11後の霊体験を聞く』一一九～一二〇頁より一部抜粋）※話者によれば、震災から二年ほど経った寒い日との事である（著者注）。

お父さんは大船渡の出で、あの日はよく行く大船渡のお寺でお祓いをしてもらって帰ったんだけど、寒くてストーブを焚いた記憶があるからお盆ではないね。あれは夢だったか、それともお父さんの霊だったたか、いまだによくわからないんだね。私が布団に入っていたから、夜だったことは間違いないけど……、ああ、時計は一時だったね。目が醒めると、白い衣装を頭からかぶったようなお父さんがふわっとやって来て

「心配したからきたんだぁ」

と私に言ったんです。顔は暗くてよくわからなかったのですが、恰好はお父さんだし、声も間違いなくお父さんなんです。それだけ言うと、誰だかわからない、同じ衣装を着た別の人が、お父さんを抱きかかえるようにしてドアからすーっと消えて行きました。

〈例5〉タクシードライバーの体験談

（『呼び覚まされる霊性の震災学　3.11生と死のはざまで』四～五頁より抜粋）※かつて新聞にも書評でとりあげられた、ある女子大生が渾身の力を込めてタクシードライバーから聞き取った幽霊譚の一部である（著者注）。

震災から三か月くらいたったある日の深夜、石巻駅周辺で乗客の乗車を待っていると、初夏にもかかわらずファーのついたコートを着た三十代くらいの女性が乗車してきたという。目的地を尋ねると、「南浜まで」と返答。不審に思い、「あそこはもうほとんど更地ですけど構いませんか？　どうして南浜まで？　コートは暑くないですか？」と尋ねたところ、「私は死んだのですか？」震えた声で応えてきたため、驚いたドライバーが、

「え?」とミラーから後部座席に目をやると、そこには誰も座っていなかった。

〈例6〉タクシーの幽霊（『震災後の不思議な話』一三三〜一三四頁より抜粋）

ある地区に限って、そこで手を挙げている人を乗せると、よく不思議な出来事が起こるため、タクシーが人を乗せなくなった。というのも、乗せた人の多くが、津波で完全に流され、無人となった場所を行き先として指定するのである。

「そんな何もないとこ行くんか」

運転手さんは、「?」と思って後ろを振り向くと、誰もいない。乗せたはずの人が座っていたシートが濡れていて、ほのかに海の臭いがした、という運転手もいた。

仙台市にある荒蝦夷社という出版社を知ったのは、この資料収集がきっかけである。熊襲《くまそ》や蝦夷《えみし》は大和《やまと》朝廷の権力の及ばない遠方で独自の文化を持った集団の呼称と理解しているが、それを逆手に取っているようで興味を持った。荒蝦夷社は当地の仙台をはじめとする東北地方の文化を積極的に発信しており、東北学院大学が東日本大震災を契機に発行している学術誌「震災学」を発売している出版社である。

荒蝦夷社の『みちのく怪談コンテスト傑作選２０１１』の最初に「遠野物語第九九話」が全文引用されている。『遠野物語』は明治時代の高級官僚であり民俗学者である柳田国男が遠野地方で採録した話を集成したものだが、明治の三陸大津波で命を失った人の幽霊の話（第九九話）がある。第九九話を『遠野物語』六八頁より引用する。

「土淵村の助役北川清と云ふ人の家は字火石にあり。代々の山臥にて祖父は正福院と云ひ、学者にて著作多く、村のために尽くしたる人なり。清の弟に福二と云ふ人は海岸の田ノ浜へ婿に行きたるが、先年の大海嘯に遭ひて妻と子を失ひ、生き残りたる二人子と共に元の屋敷の地に小屋を掛けて一年ばかりありき。夏の初めの月夜に便所に起き出でしが、遠く離れたる所に在りて行く道も浪の打つ渚なり。霧の布来る夜なりしが、その霧の中より男女二人の者の近よるを見れば、女は正しく亡くなりし我妻なり。思はず其跡をつけて、遥々と船越村の方へ行く崎の洞ある所まで追ひ行き、名を呼びたるに、振返りてにこと笑ひたり。男はと見れば此も同じ里の者にて海嘯の難に死せし者なり。自分が婿に入りし以前に互に深く心を通はせたりと聞きし男なり。今は此人と夫婦になりてありと云ふに、子供は可愛くはないのかと云へば、女は少しく顔の色を変へて泣きたり。死したる人と物言ふとは思はれずして、悲しく情けなくなりたれば足元を見て在りし間に、男女は再び足早にそこを立ち退きて、小浦へ行く道の山陰を廻り見えずなりたり。追ひかけて見たりしがふと死したる者なりしと心付き、夜明まで道中に立ちて考へ、朝になりて帰りたり。其後久しく煩ひたりと云へり。」

ある漁師が津波で妻子を失ったが、ある夜、亡くなった妻の姿を見る。亡妻は、漁師と結婚する前に相思相愛だった男（津波で命を落としている）と夫婦になっていた。漁師が亡妻に「（自分との間に産んだ）子供はかわいくないのか」と問うと亡妻は涙を流した。その後漁師はしばらく病臥した、という内容の悲しい話である。

東日本大震災における死者一万九六八九名の死因の九〇・六％は溺死と報告されている。つまり、死者の九割以上が津波により命を落としたと推察される。なお阪神淡路大震災では八三・三％が建物倒壊に伴う圧死等、関東大震災では八七・一％が火災による焼死等とのことである。

大きな災害ではそれまで普通の生活を送っていた人たちの生活が一変する。多数の人が命を失い、被災地で生き残った人もそれまで送っていた日常の生活が激変して、しばらくの間（長期間にわたることが少なくない）厳しい生活を強いられる。生き残った人はすぐには自分の身に起こったことを受け入れられないであろう、と思う。肉親や親しい人を失った人は、大切な人を失ったということをすぐには受け入れられず、死体を確認できない限り「助かってどこかで生きている」という希望を持つということは、経験のない者でも心情的に理解できる。もしかすると、死んだ人も自分が死んだことを受け入れられず自分はまだ生きていると思っているのかもしれない、とも考えてしまう。

一九九五年四月、阪神淡路大震災が発生して三か月になろうとしていた時、義理の祖母が亡くなった。ちょうど長男の小学校の入学式の日だったが、大阪市内でお葬式を行った。その時の大手の葬儀会社の担当の方が言っていたことを思い出す。

「一月十七日、神戸の方では多くの人が亡くなりました。私どもも最初の日で一千体以上のご遺体を運びました。当地ではあのような状況ですから、火葬できる状態ではありません。ですから大阪方面へ運びました。でも、大阪市の大きな斎場では官僚的な対応ですぐには対応していただけなかったので、大阪市より小規模でもすぐに受け入れてくださった堺市の斎場までご遺体を運んだのですよ」

現在の日本では、亡くなった人は皇族等特別な場合を除けば火葬される。市役所の市民課等担当部署で死亡届を出すと火葬許可証が発行される。犯罪への悪用を防ぐため、火葬許可証は再発行不可で、亡くなってから二十四時間以上経ってから火葬が許可されるシステムである。阪神淡路大震災の時も、発生当日は被災地の役所も混乱していただろうと思うが、大阪市等近隣都市では、一部で被害が大きく災害対応が必要であっても役所としての機能には損害はなかった。しかし、東日本大震災では町が根こそぎ失われた場所も少なくなく、亡くなった人の葬儀自体ができない状態が長く続いたと想像される。一時的な措置ではあったようだが、火葬できなかった人のご遺体が一時的に多数土葬されたと聞いている。

家族が長年患った病気で亡くなる時は、残された者はまだ覚悟を決める時間がある。といっても、悲しいことには変わりがない。震災等大きな災害で状況が一変する時は、肉親や親しい人が亡くなることを受け入れられるだけの心の余裕がなくなるのではないだろうか。東日本大震災の後、被災地で幽霊を見たという話が多く聞かれたのは、文化の違いというよりは災害の大きさ、生き残った被災者たちの心の傷が大きかったことを如実に示すものではないだろうか。

家族や親しい人を失った被災者の苦しみは、経験した者でないと到底理解できないであろう。だが、遠く離れた地に暮らす私のような者であっても、被災者の苦しみに心を寄せることはできる。私はそう信じている。被災地での幽霊譚が生き残った人たちのグリーフケアとして一種の癒しの働きを持つこと、そして災害の悲惨さを伝えるものとして後世に継承されることを、私は願っている。

(二) 戦争と幽霊

二〇一一年の東日本大震災後の被災地での幽霊譚を聞いて、私は若い頃に読んだ話を思い出した。「オモカゲ」という妖怪の話である。読んだ当時は「不思議な事もあるものだ」と思っていたが、東日本大震災の後は「やっぱりあるんだ」と思った。

二〇一五年に亡くなった水木しげるは「ゲゲゲの鬼太郎」等で有名な漫画家だが、妖怪研究の大家でもあった。この人は子供の頃から絵が得意で、背景は点描画のように細かくて写実的だが、登場人物特に男性はとぼけた風貌のまさしく漫画的に描かれているのが特徴のようである。水木しげるの著書『日本妖怪大全』の一六八頁から引用する。

「秋田県鹿角地方では、人が死ぬ直前に、その人の魂が知人の元を訪れて姿を現わしたり、下駄の音をさせたりすることをオモカゲという。

戦争中に多かったようで、遠く離れた戦場にいるはずの息子が、いきなり母親に会いに来たと思ったら、実はその時刻に息子は死んでいた、などという話は珍しくない。会いにきたときには、もちろん軍服姿である。」

よく似た話が松谷みよ子の『現代民話考』に収録されている。「戦死を告げに帰った兵隊たち」（『現代民話考４』七六～八九頁）は夢の話である。また、「戦死を告げに帰った兵隊たち」（『現代民話考５』三一八～三三六頁）は生霊というかまさしく「オモカゲ」のような話である。いずれも日本国内の様々な地方に分布しているようである。

一部の話を以下に引用する。

〈例1〉戦死を告げに帰った兵隊たち（『現代民話考4』七七頁より抜粋）

「昭和十八年五月末、夢を見た。毎日待ちかねていた軍事郵便が届いたが、文字の所々消えていたり、抜けていてハガキの文が全然よめない。イライラしてひっくり返しているうちに目が醒めた。汗でびっしょり。気になっていたが忘れるともなく忘れた一か月後、兄と同じ部隊名の一通のハガキ。名も知らぬ方から兄の戦死の知らせだった。それは夢の中で見たハガキとそっくりだった。」

〈例2〉戦死を告げに帰った兵隊たち（『現代民話考5』三三〇頁より抜粋）

「母の兄は出征していましたが、ある日突然、青白い顔で帰ってくると、黙って本堂へいってお経をあげはじめました。母はおどろいて自分の母を呼びにいき、二人でじっとみていました。そのうち兄の姿はすーっと消えてしまいました。あとで判ったのですが、その日兄はサイパン島で玉砕していたのです。」

先の戦争は、庶民にとっては大きな災害そのものであっただろうと推測する。私がまだ生まれていない時代の災禍であったので、その大変さを私は経験していない。怪談めいた不思議な話の中に庶民の苦しみや悲しみが込められているのかもしれない。また、その話が記録されることによって後世に伝えられ、後世の人たちが「あの時代にはこんな悲話があったのだな」と気づくかもしれない、と私は考える。

（三）逢魔が時

地球が西から東に向かって自転している影響で、朝焼けより夕焼けの方が、持続時間が長い。私は子供の頃から、夕暮れ時に空の色が変わっていくのを見るのが好きだった。

晴れた日には太陽が西の空に沈む頃に西の空が夕焼けに染まり、やがてオレンジ色、菫色、紺色の見事なグラデーションを醸し出す。天空はついには紺青一色になり西の空にひときわ明るい宵の明星が輝き、紺碧の空に満天の星が微小な光を発して輝くようになる。暗くなるとともに、眼に入る光景は色彩を失い、光を発するもの以外明暗しかわからなくなる。この時間帯が黄昏時である。

黄昏時は逢魔が時ともいわれる。魔物に逢うという意味だが、人間の意識がぼんやりしがちで、実際に交通事故が起こりやすい時間帯とも言われている。この時間帯に幽霊を見ることがあるとも言われてきた。

認知症に罹った老人が不安になり、「家に帰る」と言い出して不穏になる症状は「夕暮れ症候群」と呼ばれることがある。ここで老人の言う「家」は実際にその人が住んでいる或いはついこの間まで住んでいた「家」とは限らない。あくまでもその人の概念の中の「家」である。認知症の疑いのあった（当時は老年性痴呆と言われていた）私の父が晩年入院していた一般病院で、枕もとの時計で夕方五時になると「五時になった。家に帰る」と言い出して不穏になったことを、私は経験している。普通の人には理解しがたい症状である。

人が幽霊と見間違えることがある植物として、風に吹かれてゆらゆら揺れる柳の枝葉、ススキの穂が挙げられる。昔は今みたいに照明がないから、暗がりでゆらゆら揺れるものを見て「幽霊」と勘違いして怖気づいたこともあったのだろう。

何事もなく安穏と過ごせる通常時であれば、「幽霊なんてあんたの見間違い」と笑い話で済ませることもできるだろう。だが、天災や戦争、事故や事件等の人災、或いは病気で肉親や親愛なる人を亡くして悲しみのどん底にある人が、亡くした人の面影を求めて見る幽霊は、普段通りの日常生活を営んでいる人が逢魔が時に見る幽霊とは区別して考えなければいけないと私は思う。

【引用文献】

○高橋克彦・赤坂憲雄・東雅夫編『みちのく怪談コンテスト傑作選２０１１』（２０１３年　荒蝦夷）
○東北学院大学　震災の記録プロジェクト　金菱清（ゼミナール）編『呼び覚まされる霊性の震災学　３．11生と死のはざまで』（２０１６年　新曜社）
○金菱清『震災学入門──死生観からの社会構想』（２０１６年　筑摩書房）
○宇田川敬介『震災後の不思議な話　三陸の〈怪談〉』（２０１６年　飛鳥新社）
○東北怪談同盟編『渚にて　あの日からの〈みちのく怪談〉』（２０１６年　荒蝦夷）
○奥野修司『魂でもいいから、そばにいて　３・11後の霊体験を聞く』（２０１７年　新潮社）
○柳田国男『遠野物語』（２０１６年　新潮社）
○水木しげる『決定版　日本妖怪大全　妖怪・あの世・神様』（２０１４年　講談社）
○松谷みよ子『現代民話考［４］』（２００３年　筑摩書房）
○松谷みよ子『現代民話考［５］』（２００３年　筑摩書房）

第二節　脳と記憶

脳は不思議な臓器である。脳は豆腐と同じくらいの柔らかい臓器であると言われており、外部から加わる物理的な力によって簡単に壊れ、一旦壊れると修復できない。全重量で二キログラムに満たない脳は全血流の約二〇％を消費し、酸素欠乏状態が長く続くと脳細胞は死んでしまう。それだけ脆い臓器だから、強固な頭蓋骨に守られているのであろう。

古今東西を通じての人間の所業を見ると、私は「人間とは、大脳皮質の発達しすぎた危険なサルではないか」と思うことがある。一方で、脳は素晴らしい働きをする臓器でもある。二〇一八年に亡くなった英国の理論物理学者のスティーブン＝ホーキング博士は、青年時代に筋萎縮性側索硬化症（ＡＬＳ）という身体の自由が利かなくなる難病にかかり、自分の意のままに動く身体ではなくなった。しかし、自分の考えを意思伝達装置の使用により表明し、自身の脳の素晴らしい働きにより優れた業績を残した人である。

人間の記憶は脳に刻まれる。生体の一部に情報が蓄積されるその仕組みは複雑で神秘的でもある。少なからぬ科学者や技術者が脳に興味を持ち、情報が蓄えられ学習をする仕組みをコンピューターや人工知能（ＡＩ）に応用した。だが脳の働きがすべて解明されたわけではなく、未知の領域がある。例えば、「夢」についてすべてが解明されているわけではない。

一方で、人間は感情に左右される存在でもある。感情も脳の働きである。脳の病変によって父が異常な言動を示し、父の死後ＭＲＩで自分の脳の画像を見た私は、人間の心は脳の前頭葉の働きによるものだと考えている。感情に左右されないコンピューターや人工知能は、記憶や計算という分野では人間より優れていると思う。だが、脳に蓄積された記憶を統合し芸術や文学に昇華させることができるのは、人間に感情があっての事ではないか、と私は考える。

「脳死」と言われるように、脳が死んでしまう即ち脳の機能が全停止してしまうと、人工心肺装置で心臓が動いていても「心臓死」と同様、人間としては死を意味するという考え方がある。人が死ぬとその人の記憶は永遠に失われてしまう。だから、記憶の残像も人が生きていて脳が正常に働いていているからこそ見ることができるのではないのか。そんな思いで、私は自分の脳の中にある記憶の残像をここに記した。

【参考文献】
宇井純『新装版 合本 公害原論』（2006年 亜紀書房）／永見和之「GLPとは何か―その概要と適用範囲」『日本薬理学雑誌130巻』（2007年）／中島映至・大原利眞・植松光夫・恩田裕一編『原発事故環境汚染 福島第一原発事故の地球科学的側面』（2014年 東京大学出版会）／門田隆将『死の淵を見た男 吉田昌郎と福島第一原発』（2016年 角川書店）

【参考サイト】
首相官邸／内閣府 防災情報のページ／衆議院／外務省／環境省／経済産業省／厚生労働省／厚生労働省検疫所 FORTH／国土交通省 運輸省航空事故調査委員会／総務省／総務省消防庁／農林水産省／消費者庁／国立医薬品食品衛生研究所／国立研究開発法人 医薬基盤・健康・栄養研究所 国立健康・栄養研究所／国立研究開発法人 国立環境研究所／国立国会図書館 東日本大震災アーカイブ／中核市市長会／宮崎県衛生環境研究所／大阪府箕面市役所／大阪府高槻市役所／一般財団法人 日本原子力文化財団／公益財団法人ひかり協会／公益社団法人日本水道協会／独立行政法人 環境再生保全機構／東海大学海洋研究所／あしなが育英会／e―Govポータル／神戸新聞NEXT データでみる阪神・淡路大震災／神戸ルミナリエ／「しあわせ運べるように」公式サイト／時事ドットコム／東京電力ホールディングス／阪神高速ドライバーズサイト

【参考インターネット記事】

◆第二章
ハフポスト日本版「日航ジャンボ機墜落事故から35年。航空史上最悪の事故を振り返る【画像】」
https://www.huffingtonpost.jp/entry/story_jp_5f31f838c5b64cc99fdd0e8c
NHK「地下鉄サリン事件　当時の音声　映像で振り返る」
https://www3.nhk.or.jp/news/special/aum_shinrikyo/
NIKKEI STYLE（日本経済新聞電子版）「阪神大震災乗り越えた生徒力　灘の校是が結ぶ地元の絆」
https://style.nikkei.com/article/DGXMZO53464950X11C19A2000000/

◆第四章
NHK「自然災害の記録　日本国内で起きた自然災害の映像記録
https://www9.nhk.or.jp/archives/311shogen/disaster_records/
ナショナル ジオグラフィック日本版「事故から30年、チェルノブイリが動物の楽園に」
https://natgeo.nikkeibp.co.jp/atcl/news/16/042100148/
ナショナル ジオグラフィック日本版「福島の立入禁止区域で増える動物、放射線の影響は?」
https://natgeo.nikkeibp.co.jp/atcl/news/20/050700273/

著者プロフィール

中村 優実子（なかむら ゆみこ）

筆名。

1959年生まれ。1982年京都大学薬学部卒業。薬学博士（論文博士）。大学卒業後21年間国家公務員研究職として勤務。2003年地方公務員薬剤師職として転職し、主として理化学検査を担当する。2019年定年退職。2016年より大阪文学学校通信教育部に在籍。趣味はピアノほか。

記憶の残像

2021年11月15日　初版第1刷発行

著　者　中村 優実子
発行者　瓜谷 綱延
発行所　株式会社文芸社
〒160-0022　東京都新宿区新宿1－10－1
電話　03-5369-3060（代表）
03-5369-2299（販売）

印刷所　神谷印刷株式会社

ISBN978-4-286-22816-7